L'EXPÉDITIF

p.g.**sturges**

L'EXPÉDITIF

Roman traduit de l'anglais par Philippe Loubat-Delranc

calmann-lévy

Titre original (États-Unis) :
SHORTCUT MAN

Couverture
Maquette :
Rémi Pépin, 2014
Photographie :
© Frank P. Wartenberg / Getty Images

ISBN 978-2-7021-4457-2
ISSN 2115-2640

Pour Gina, feu ma femme, qui m'a donné l'idée de ce livre. Que Dieu la garde.

Pour Mac et Kelly, qui ont cru en leur père.

Pour Sandy, ma mère, qui a cru en son fils. Et l'a énormément aimé.

Pour Tom, mon frère, à mes côtés depuis le premier jour.

Pour mon père, Preston, qui m'inspire chaque jour. Et m'a offert un billet pour le match.

Pour les Nagle et les Hall, qui m'ont encouragé en tout, toujours.

Pour l'auteur et ami R.C. Matheson, qui m'a suggéré d'écrire.

Pour l'auteur et ami Craig Spector, qui m'a également suggéré d'écrire.

Pour Andy Rigrod, Paul Pompian, Dan Cartwright, Rick Harper, Robert Barrere, Jason McKean, Diane Mullen et le Dr Ronald Clarke, de vrais amis, de vrais soutiens.

NOTE DE L'AUTEUR

Il n'est pas dans l'intention de l'auteur d'amender, d'émonder, de réduire, d'améliorer ou de redresser quelque tort, malheur, tragédie ou situation de perdition que ce soit dans ce monde-ci ou dans le suivant. Vous sortirez de ces lieux sans être plus avancé. Il reste à espérer que l'on vous aura, entre-temps, diverti.

p.g.sturges

PREMIÈRE PARTIE

LES DEUX VERSANTS D'UNE MÊME HISTOIRE

CHAPITRE 1

TISDALE A DES REGRETS

Tisdale était un pro du loyer impayé et l'on m'avait demandé de m'occuper de son cas. Il habitait sur cour, en retrait d'Hollywood Boulevard, dans Hobart Avenue.

Un pro de l'impayé règle son premier mois d'avance et les deux de caution, quelques autres pour prouver sa bonne foi, puis s'installe dans la mouise.

Ça se résume à ce dilemme, explique-t-il avec des sanglots dans la voix : c'est les médicaments de sa mère, ou le loyer.

Ce qui ne devait se produire qu'une seule fois se répète une deuxième et, quelque temps plus tard, sa mère meurt encore. Là, le propriétaire comprend qu'il va se faire baiser jusqu'à l'os, mais c'est trop tard. Le mauvais payeur invoque la crise et demande à se mettre en faillite[1]. Alors qu'il est entré dans les lieux en un clin d'œil, il pourrait falloir deux ans et beaucoup d'argent pour le flanquer dehors. Parfois jusqu'à dix mille dollars rien qu'en frais de procédure. C'est à ce moment-là que le propriétaire averti fait appel à mes services.

Je suis Dick Henry. L'Expéditif.

La maison de Tisdale se trouvait à l'arrière, au milieu. De chaque côté de l'allée en ciment fissurée, la pelouse, pas entretenue, était envahie par les mauvaises herbes. Quelques buissons malingres

1. Aux États-Unis, un citoyen privé peut se déclarer en faillite. *(Toutes les notes sont du traducteur.)*

entouraient un de ces immenses palmiers d'Hollywood dont l'image a attiré des millions de gogos vers ce faux paradis.

Pour l'heure, quelqu'un, tout près, torturait une guitare dans l'espoir de lui arracher des sons dans le style Van Halen et, en m'approchant, je compris que ça venait de chez Tisdale.

Je montai les marches de la petite véranda. Frappai à la moustiquaire. Attendis. La guitare se tut, quelqu'un se déplaça en faisant vibrer le sol et la porte s'ouvrit.

Il me fut antipathique d'entrée de jeu. Dans les cent cinquante kilos flasques, un mètre quatre-vingt-deux, yeux rouges comme ceux d'un rat qui me fixaient à travers de longs cheveux filasse. Le visage, gras et crasseux, portait les traces d'un récent repas de côtelettes. Je sentis une odeur de marijuana bon marché.

— Ouais ? dit Face de Côtelettes.

J'agitai la main.

— Dick Henry, dis-je.

Je la lui jouai aimable.

— Ouais ?

— Monsieur Pissdale ?

— Tis-dale. Avec un T. Et si tu viens me voir pour ma guitare, tu peux dégager tout de suite. Parce que je baisse le son pour personne. Je connais mes droits.

Ces gars-là connaissent toujours leurs droits. Mon poing me démangea.

— À vrai dire, ta guitare, je m'en branle.

Je la lui jouai toujours aimable.

— Je viens te voir pour ton loyer.

Le concept de loyer mit un temps infini à se frayer un chemin dans ses circuits. Finalement, ça percuta.

— Le loyer ? Le loy-er ? T'aurais mieux fait d'y réfléchir à deux fois avant de venir ici me harceler, tête de nœud. Moi, je connais mes droits, Landers, il connaît mes droits, et toi aussi, tu connais mes droits.

Il repoussa ses cheveux en arrière.

— T'as pas à te pointer dans la baraque « frigo-courants d'air-fuites à la con » de Landers alors que je me suis déclaré en faillite.

Il avait les dents d'un jaune verdâtre.

— Bon alors, j'appelle mon avocat?

C'était une possibilité.

Mais cette fois la démangeaison dans mon poing avait viré à la vibration et, soudain, il fut attiré comme par un vide céleste karmique vers la moustiquaire noire de mouches, la traversa et alla directement lui exploser le nez. Il y eut un craquement satisfaisant et *boum*, tomba Tisdale.

J'ouvris la porte et entrai. Voir son sang avait affaibli sa résolution et réorganisé ses priorités. Je l'attrapai par le col, l'aidai à se relever.

— Tes droits ont pris fin, l'ami, et tes devoirs commencent.

Je jetai un coup d'œil à ma montre.

— Tu as vingt-cinq minutes pour sortir tout ton fourbi de cette maison.

Tisdale se protégea le visage d'une main, l'œil larmoyant.

— Mon blair, mec. Tu m'as pété le blair.

Nouveau coup d'œil à ma montre.

— Maintenant, il te reste vingt-quatre minutes pour te faire la malle.

Il s'essuya le nez avec un T-shirt grisâtre qui traînait par terre. Et qui devint rouge. Sous peu, il serait brun.

— Hé! reprit-il. On peut pas foutre quelqu'un dehors comme ça. Y a des lois.

En principe, j'étais d'accord. En principe.

— Ouais, dis-je, y a des lois, mais elles s'appliquent plus à toi.

D'après mon enquête préliminaire, sa mère était morte cinq fois. Trois fois d'un cancer, deux fois de la tuberculose et une fois d'une occlusion intestinale. Heu, minute… Ça nous faisait six fois. Et son père. Hémorragie cérébrale. Et insuffisance rénale.

On frappa à la porte. Nouveau coup d'œil à ma montre. Ça devait être Rojas.

C'était bien lui.

Rojas exsudait la menace autant qu'une pute le parfum bon marché. Taille moyenne, râblé, tatoué, mine patibulaire, yeux planqués derrière des Wayfarer sous un feutre en cuir noir, Rojas était un fumier de l'Eastside. Nous nous serrâmes la main, un soupçon de sourire narquois joua autour de son bouc.

Je présentai les parties en présence.

— Enrique Rojas, je te présente Michael Tisdale, alias Mike Jones, Mike Smith, Mike Bush et Mike Lane.

Tisdale scruta le visage de Rojas à la recherche d'une once de pitié.

— *Buenas tardes*, enfoiré, dit Rojas.

Tisdale se tourna vers moi. Je tendis le pouce vers l'ami Rojas.

— M. Rojas est venu s'assurer que tu tiennes bien ta promesse de vider les lieux. Sinon, je lui ai demandé de te flanquer la dérouillée de ta vie.

— Ma promesse de vider les… ?

Nouveau coup d'œil à ma montre.

— T'as vingt minutes.

— Attends, mec. Je peux pas tout sortir d'ici en vingt minutes. Regarde-moi cet endroit !

Je haussai les épaules.

— Garde le plus important. Le reste ira à la benne.

— J'appelle la police.

— Te gêne pas. Je parie que tu t'y es fait des tas d'amis.

Le seul recours de Tisdale fut le sens pratique.

— Je peux pas déménager d'ici en vingt minutes, mec. Ce n'est pas faisable.

Je regardai Rojas.

— Mister Tisdale dit que ce n'est pas faisable.

Rojas hocha la tête, regarda autour de lui. Puis il s'avança, empoigna la télévision, la porta, raccordements électriques et tout le toutim, jusque dehors et la jeta par-dessus la rambarde. Dans la maison, divers objets dégringolèrent des étagères et se traînèrent vers Bethlehem[1].

1. *Slouching towards Bethlehem*, expression tirée du poème « The Second Coming » de Yeats, repris par Joan Didion comme titre d'un recueil de chroniques sur la Californie paru en 1968.

— Et maintenant ? demanda Rojas qui revenait en se frottant les mains.

— Commence par la guitare.

Tisdale intervint avec un cri perçant.

— S'il vous plaît ! S'il vous plaît !

Voilà, dans les grandes lignes, comment j'ai permis à M. Landers d'économiser sept mille cinq cents dollars. Et en ai gagné deux mille cinq cents. Moi, c'est Dick Henry. L'Expéditif.

CHAPITRE 2

L'INCIDENT DÉCLENCHEUR

Ma carrière d'Expéditif commença par un incident anodin qui survint quand j'avais vingt-deux ans. J'étais sous-marinier, basé à Hawaï, à Pearl Harbor, et logeais à la caserne.

De retour à Pearl après une rapide sortie en mer autour de l'archipel pour justifier la solde de quelques-unes de nos huiles, je comptais partir voir Nita. Nita était une fille pulpeuse de l'Oklahoma récemment divorcée d'un soldat originaire de Schofield. Elle vieillirait mal mais, en attendant, elle irradiait le charme et la vivacité de toute jeune créature. Elle faisait les nuits dans un coffee-shop de Pearl City et était l'objet de mes attentions les plus tendres. Non réciproques, bien entendu.

Mais Nita ne serait pas au programme ce soir-là. Ma voiture était immobilisée : ma boîte de vitesses et son levier en T en avaient été démontés et retirés. Volés. J'avais regardé le trou dans le plancher.

Furieux, j'avais été signaler l'infraction à la Sécurité de la base sous-marine. Comme on pouvait s'y attendre, comme tous les laquais de la justice de par le monde, l'équipe de nuit de la sécurité ne s'intéressait pas particulièrement à la justice et s'était empressée de s'abriter derrière la procédure. Mon numéro de Sécurité sociale était-il gravé sur l'objet qui avait disparu ?

Quoi ? Gravé sur mon levier de vitesse ? Vous rigolez ? Non.

Non ? Oh, bon. Ils avaient les mains liées.

En guise d'action, leurs actes. On m'avait avisé que je pouvais remplir en trois exemplaires un rapport long et compliqué qui dormirait dans un tiroir jusqu'à ce que quelqu'un se dise : Putain, mais c'est quoi, ce machin, et le foute à la corbeille.

Le lendemain, en me rancardant auprès de potes d'autres bâtiments (les sous-marins sont appelés « bâtiments » par leurs équipages) pour savoir qui pouvait être le voleur, j'avais entendu parler de Stevens. Je regardai dans sa voiture et bingo, c'était là qu'était installée ma boîte de vitesses.

J'avais repris le chemin de la Sécurité de la base, cette fois pour informer l'équipe de jour de ma découverte. L'équipe de jour me semblait bien plus intelligente que celle de nuit. L'officier de service s'était gratté solennellement le menton et avait scruté le ventilateur de plafond. J'avais été submergé par une chaude et précoïtale reconnaissance. Il m'avait demandé si j'avais gravé mon numéro de Sécurité sociale sur l'objet qui avait disparu.

Abattant ma dernière carte légale, j'allai trouver le capitaine de mon bâtiment et lui expliquai le problème. Commandant d'une plate-forme autonome d'armement nucléaire, un des piliers les plus craints du monde libre, il était capable, j'en étais profondément convaincu, de séparer les flots de la mer Rouge. Le capitaine s'était gratté le menton et m'avait fait part de sa recommandation : adresse-toi à la Sécurité de la base.

Le vote était clos. C'était moi ou personne.

Je m'étais évalué dans le miroir. J'étais grand et mince, mais fort. Yeux bleus écartés, regard conquérant qui vous fixait de sous des cheveux roux tirant sur le brun. Mes taches de rousseur, malédiction de ma jeunesse, s'estompaient, mais quelques-unes éclaboussaient encore mon nez busqué et un peu tordu. Quand je souriais, c'était de toutes les dents que Dieu m'avait données en révélant leur imparfaite disposition d'origine. Dans l'ensemble, ce n'était pas un visage à changer la face du monde. Mais ce n'était pas non plus le visage d'un lâche.

Cet après-midi-là, j'avais emprunté une grosse barre dans la salle des machines et étais allé défier Stevens dans sa chambre, à la caserne. J'avais frappé à sa porte avec ma barre de fer.

— Ma boîte de vitesses est installée dans ta voiture et je la veux tout de suite, lui avais-je expliqué quand il m'avait ouvert.

Il ne voyait pas de quoi je parlais.

J'avais asséné un coup de barre sur la rampe métallique devant sa porte et ç'avait fait pas mal de boucan.

— Ma boîte de vitesses est installée dans ta voiture et je la veux tout de suite, avais-je répété.

À la tête qu'il faisait, je voyais qu'il partageait enfin mon inquiétude, mais, à voir ses mains écartées, qu'il ignorait toujours autant la cause de mon malheur.

— Ma boîte de vitesses a été remontée dans ta voiture et je la veux tout de suite !

Et j'avais fait tournoyer ma barre comme une batte de base-ball.

Là, Stevens avait compris qu'il s'était fait arnaquer au marché du troc. Il m'avait proposé de la réinstaller sur-le-champ.

Nita ? Nita ne croisa plus jamais ma route.

CHAPITRE 3

LYNETTE

Au diable Nita. Désormais, j'avais Lynette.

Lynette était une affriolante diablesse au visage d'ange. Elle avait le sens de la repartie, des réalités, et un rire moqueur qui m'expédiait des forces primitives droit dans la verge. Sa tignasse noire comme le charbon cavalait et dévalait tout autour de sa bouche en cœur pour finir sur sa poitrine généreuse aux mamelons petits, dressés et bruns. Quelque chose en moi me disait que je ne la garderais pas longtemps. C'était ce qui rendait la tragédie du quotidien tellement douce.

Je l'avais rencontrée au House of Blues de Sunset Strip, à l'étage, dans la Founders Room, après un concert de Little Feat. Je ne sais pas pourquoi c'est avec moi qu'elle avait choisi de parler, peut-être parce que j'étais le seul à me réjouir de ne pas être un musicien connu.

— Vous ne jouez de rien ? m'avait-elle demandé en faisant mine d'être déçue.

Sa beauté aurait pu m'intimider, mais l'éclairage était très tamisé et j'avais bu deux Laphroaig de trop. Un peu plus tôt dans la journée, j'avais bien plié et rangé un joli petit chèque de vingt-deux mille dollars dans ma poche. Je ne me sentais plus, comme on dit.

— Je peux jouer de la truirinette en cas d'urgence, mais je sais bouffer le minou.

— En selle, moussaillon, m'avait-elle renvoyé avec un sourire.

Plus tard, elle m'avait demandé ce qu'était une truirinette.

— Trois crins de cheval tendus au travers du cul d'une truie, mais je te le déconseille.

Elle n'avait pas trouvé ça drôle, mais le petit bateau avait déjà vogué, si vous voyez ce que je veux dire.

Nous avions établi de vrais rapports d'adultes. Elle faisait ses trucs, moi, les miens. C'était du rapide, c'était plaisant. On baisait, on parlait, on cuisinait, on riait, on baisait. On voyait peu la lumière du jour, mais beaucoup d'étoiles.

Elle travaillait comme hôtesse de l'air pour une compagnie aérienne privée emmenant des milliardaires là où ils avaient besoin d'aller pour exploiter des autochtones. Elle restait quelques jours à Los Angeles, s'absentait pendant quelques semaines et, *pouf*, elle se présentait à ma porte à 1 heure du matin, en fumant un joint.

— Qu'est-ce que je n'ai pas ? me demanda-t-elle cette nuit-là avec un sourire en coin.

Je la regardai des pieds à la tête. La sincérité me brûlant les lèvres, je lui donnai libre cours.

— Tu as tout.

Autre sourire diabolique.

— Erreur, Dick. Je n'ai pas de culotte.

Et c'était reparti !

Le seul problème avec cette jolie garce, c'est qu'elle n'avait aucun respect pour rien ni personne. « Je serai là dans un quart d'heure » pouvait aussi bien vouloir dire une heure, trois ou jamais. Et quelles que soient les circonstances, elle savait que personne ne pouvait plonger les yeux dans les siens, qui étaient verts, et continuer de lui en vouloir. Moi, je n'ai jamais pu.

Mais là, j'étais furax. Bien entendu, elle était très en retard. Je me disais que j'aurais mieux fait d'aller au Las Brisas de Redondo avec Rojas et y partager des tacos à la viande, quelques Pacificos et quelques rires.

Puis j'entendis frapper à la porte. Même ses *toc, toc !* étaient féminins, ne me demandez pas à quoi je les reconnaissais.

Et elle était là, devant moi, à fumer un joint en faisant tourner ses clés de voiture autour de son doigt. Puis elle entra, et passa droit devant moi.

— Que se passe-t-il, Dick Henry ?

— T'as de la chance que je sois encore là.

— Je suis du genre veinarde, moussaillon, dit-elle en riant. Je me suis arrêtée boire un verre.

— Ou trois. Tu as deux heures et demie de retard.

— Qui tient les comptes ?

— Moi.

— Je ne suis pas en retard, Dick. C'est impossible que je le sois.

— Comment ça ?

— Parce que la fête ne commence jamais sans moi, chéri.

Et là, je souris et laissai tomber.

Elle gagna la tablette de la cheminée et s'arrêta pour réexaminer une petite sculpture abstraite.

C'était une pièce de la taille d'une oreille-de-mer, mais avec plus de replis, de reliefs et de cavités. Tout en rouges, violets et verts cuits au four. Le vagin d'une extraterrestre, peut-être. Pour recevoir la verge tricéphale orlanafonienne[1].

— Tu disais que c'était quoi, ça, déjà, Dick ?

— Une pièce qu'un ancien client a faite pour moi. Et bonjour quand même.

Elle me le souhaita avec un doigt d'honneur.

— En guise de paiement, sans doute, dit-elle.

Heu, exact.

— Je ne me rappelle pas.

— Tu t'es encore fait nettoyer.

Elle poussa la sculpture jusqu'au bord de la tablette pour voir si j'allais réagir. Je n'en fis rien.

Alors elle la poussa dans le vide. L'objet se fracassa sur le carrelage devant la cheminée.

1. Orlanafon est une planète créée de toutes pièces par l'auteur.

— Putain de Dieu, mais pourquoi t'as fait ça ? Je ne savais pas ce que c'était, mais c'était à moi.

Elle rit.

— Tâche plutôt de t'entourer de beaux objets, Dick. Ça a son importance. Je t'assure.

Puis elle s'avança vers moi, et, en une pose très théâtrale, appuya la tête contre ma poitrine, la leva vers moi, me regarda dans les yeux et battit des paupières.

— T'es pas vraiment en colère contre moi, dis, chéri. Pas pour ça, si ?

Ce que j'étais… j'étais complètement retourné.

Elle ralluma le joint.

— Allons à Big Sur, dit-elle.

Une de ses amies y possédait une villa et nous y étions déjà allés en voiture. Elle s'y était comportée en propriétaire des lieux. Vue phénoménale depuis une falaise à l'aplomb de l'océan, lit immense, excellent bar. Mais ce soir-là, trop loin.

Je louvoyai pour ne pas jouer son jeu.

— T'es soûle.

— Je suis illuminée.

— C'est quoi, la différence ?

Ça, c'était de la repartie !

— L'intention.

— Et quelle est la tienne ?

— Baiser.

Jeu, set et plus que match. J'exhalai un long soupir.

— Tourne-toi.

Je vis son pouls battre dans sa gorge. Sans me quitter des yeux, elle posa le joint.

Elle se retourna, me regarda par-dessus son épaule et attendit.

— Montre-moi ton cul, dis-je.

J'aimais sincèrement quand on en arrivait là.

Ses yeux plantés dans les miens, elle glissa ses pouces sous la taille de sa jupe et l'élastique de sa culotte et, lentement, les fit glisser vers le bas.

Son cul était d'une perfection architecturale d'origine divine. Et pour le moment, il était tout à moi.

***

Nous étions assis sur la banquette dans la douce pénombre de la chambre, et regardions le jardin à l'arrière de la maison. Les grillons s'acquittaient follement de leurs labeurs nocturnes.

Elle portait la chemise blanche que j'avais retirée. Manches retroussées, celle-ci était aussi grande qu'une robe. Tout lui allait à ravir. Elle souffla la fumée de sa Virginia Slim. C'était un chouette moment.

— J'adore Laurel Canyon, dit-elle.

Et moi donc! Après avoir vécu ici et là en ville, puis dans Arden Boulevard, quartier d'Hancock Park, pendant dix ans, j'étais revenu dans le Canyon depuis environ trois ans. De temps à autre, le soir, le vrombissement lointain d'une voiture ou le parfum du vent dans les arbres se synchronisait avec un vieux souvenir et me laissait sur la langue un goût fugace et tridimensionnel de cafard et de douce amertume. Celui des époques simples, simplistes même, et innocentes. Et des rêves qui en étaient nés et maintenant n'étaient plus qu'éclatés, gris et ridicules.

Elle écrasa le mégot de sa cigarette.

— T'as déjà tué quelqu'un, Dick?

— Ça ne te regarde pas.

— Ce n'est pas une réponse.

— Tu devras t'en contenter.

— Oh allons! Tu es adulte. Arrête de faire ton cachottier. Dis-moi: oui ou non?

— Je commence à ressentir des ondes de veuve noire.

— Je te rends nerveux?

— Pas encore.

Elle prit une bague en or qui se trouvait dans un cendar à bidules sur l'étagère.

— C'est nouveau?

— Depuis que t'es là.

— Qu'est-ce que c'est ?

Elle la passa à son doigt, où elle tourna dans le vide.

Je la remis dans le bon sens. Comme une bague d'école, elle était munie d'une grosse pierre rouge montée dans un ovale.

— C'est une bague de championnat interservices, dis-je.

En la regardant de près, on y voyait deux minuscules gants de boxe.

Elle reporta le regard sur la bague, puis sur moi.

— Toi ?

— 1988.

J'avais estourbi le caporal suppléant Charlton Parker avec un parfait crochet du gauche dix-huit secondes après le début du premier round. Une chance : il avait prévu de me tuer. J'avais combattu contre une série de tocards et d'emplâtres, mais Parker était d'un tout autre niveau. Seulement les dieux n'étaient pas avec lui. L'arbitre avait levé mon bras, et j'avais abandonné la compétition au sommet de ma carrière.

Lynette continuait d'examiner la bague.

— Badminton ?

— Jeu de puce.

— T'es dur.

— Juste ce qu'il faut.

— Je la veux.

— Pas possible.

— Tu me donneras tout ce que je te demande.

— Qu'est-ce que tu veux ?

— Savoir si t'as déjà tué quelqu'un.

Elle reposa la bague.

— Oui. Mais seulement tué, pas exécuté.

Cela dit, la commission de la police n'avait pas trouvé la nuance très significative. Et avait mis fin à ma carrière puis relégué à vie mon ami et coéquipier Lew Peedner au rang de subalterne. Mon *ancien* ami et coéquipier.

— Tu crois au paradis et à l'enfer, Dick ?

— Je crois que les humains sont au-dessus des animaux.

— Pourquoi ?

— Parce que je veux le croire.

— Mais tu admets qu'on n'en a pas la preuve.

— N'importe quel jeu est plus drôle quand il a tout son sens, dis-je en regardant la pointe de son sein sous ma chemise. Tu veux que je tue quelqu'un pour toi ?

Dans une vieille maison pourrie près du croisement de Western Avenue et de Venice Boulevard, j'avais appréhendé Elton Reese au moment où il se relevait, plein de sang, de dessus la petite Soon Cha Kim, huit ans. Reese avait mis les mains en l'air.

— Je crois bien que tu m'as eu, flicard. Je me rends, il a dit.

C'est à ce moment-là que je lui en avais collé quatre dans la tête.

— Tuer quelqu'un qui mérite de mourir, ce n'est pas un meurtre, dit Lynette.

— Tu as raison. Parfois, c'est un homicide involontaire.

Je hochai la tête.

— Ne tue personne, ajoutai-je. C'est trop définitif.

Elle haussa les épaules, reprit la bague.

— J'adore ma bague, Dick.

Elle rit. Puis elle me fit tomber à la renverse et *hop*, c'était reparti.

CHAPITRE 4

LE SOLEIL SE COUCHERA BIENTÔT

Je n'avais pas fait de vieux os dans la police. Je n'étais pas taillé pour ça. Un jour, au poste, un petit génie s'était mis à vanter les mérites de Nixon. J'avais cité un proverbe vietnamien que j'avais lu je ne sais où : « Quand l'ombre du petit homme est grande, c'est que le soleil se couchera bientôt. »

Deighan s'était gratté son gros cul en prononçant les paroles dans lesquelles j'avais entrevu la fin de ma carrière. « Et quand il n'y a pas l'ombre du fonctionnaire, c'est la pause-déjeuner », avait-il dit.

Hilarité générale. J'avais haussé les épaules, cassé. J'étais trop subtil pour ces messieurs. Le lendemain, j'avais ventilé Elton Reese.

CHAPITRE 5

CHUCKIE GREGORY ET A-1 CONTRACTORS

Je roulai dans Mulholland Drive, puis laissai Laurel Canyon Boulevard m'emporter dans la vallée.

Une grande partie en était verdoyante et luxuriante, mais je ne pouvais jamais ne pas y voir en dessous le jaune de la sécheresse. Des bâtiments perçaient rapidement le sol jaloux, fleurissaient, se fanaient puis, rasés, retournaient au néant. Même le plus récent des récents, comme le Laurel Gardenaire, devant lequel je passais, là, sur ma gauche, m'emplissait de lassitude et de désespoir. D'ici à dix ans, il serait complètement pourri, plein d'accros à la meth aux yeux de zombie.

Il fallait que je me sorte de cette humeur. Elle pouvait gâcher une belle journée dans la vallée.

J'avais franchi la colline en venant d'Hollywood, après avoir rendu visite à Mme Wagner, ma première propriétaire quand j'avais quitté les forces de l'ordre. Elle avait soixante-dix-huit ans à l'époque ; ce matin-là, une vingtaine d'années plus tard, c'était une ruine, frêle comme une brindille, à peine là.

Elle vivait dans un minuscule bungalow – qui valait maintenant une fortune – dans Vista Street, sous Santa Monica Boulevard. J'avais habité au-dessus de son garage. Elle m'avait servi le café à la cuisine, exhibant la même série de petites cuillères que tant d'années plus tôt. J'avais remué son jus de chaussettes avec une petite cuillère estampillée « Vienne » et lui avais demandé quel était le problème.

Ses épaules décharnées s'étaient affaissées quand elle avait pointé sa petite cuillère estampillée « Heidelberg » vers le plafond.

J'avais levé la tête et compris.

— Je l'ai fait refaire, mais le plâtre se met à tomber.

C'était le moins qu'on puisse dire. Un bon à rien avait enduit du plâtre de mauvaise qualité, qui, en séchant, s'était craquelé en morceaux gros comme des Oreo avant de céder aux forces de Newton.

— Un bout est tombé en plein dans le bocal de mon poisson rouge.

Ah oui, ça me revenait : elle avait toujours un bocal à poissons rouges sur la table de la cuisine. Ils nageaient en rond dans la petite maison.

— Finny a été tué sur le coup, ajouta-t-elle.

Ses doigts osseux tremblotant autour de sa bouche, elle avait souri pour me faire comprendre qu'elle avait bien conscience d'être une vieille enquiquineuse.

— Finny, c'était mon poisson rouge.

— Combien avez-vous payé le type ?

— Mille cinq cents dollars. (Elle avait marqué une pause, gênée.) C'est beaucoup. Pour moi.

— C'est beaucoup pour moi aussi. Je vais voir ce que je peux faire.

— Merci, Dick, avait-elle dit en me touchant les mains.

Légère comme un papillon.

— C'est moi qui vous remercie, madame Wagner.

Je m'étais aperçu que je n'avais jamais su son prénom. Mais là, je l'avais sous les yeux, écrit sur le contrat de l'entreprise de bâtiment : Delores.

***

Et donc, pour Delores, je filais à présent dans la partie nord de Sepulveda Boulevard, la plus longue route du comté de Los Angeles. Soixante-dix kilomètres. De la South Bay jusqu'aux montagnes.

Finalement, sur ma droite, j'aperçus ma destination, le Stanhope Business Park. De plain-pied, toits plats, murs cuits dans une laideur ocre, les quatre bâtiments irradiaient une chaleur furieuse et impitoyable. Le complexe implorait qu'on le bombarde. Ou qu'un fou le passe au rouleau compresseur. C'est à l'autre bout du bâtiment B que se trouvait A-1 Contractors.

Je garai la Cadillac dans un nuage de poussière que je laissai se redéposer, descendis de voiture et entrai dans les locaux.

A-1 Contractors occupait un petit creux rectangulaire. Un ventilateur de plafond paresseux brassait l'air chaud et un bataillon de mouches vannées. Un long comptoir courait sur presque toute la largeur de la pièce avec derrière une femme qui approchait de sa sixième décennie. Elle posa sa cigarette dans son cendrier.

— Que puis-je faire pour vous ?

— Je suis Dick Henry.

Je regardai la carte que Mme Wagner m'avait glissée dans la main.

— Je viens voir Chuck Gregory.

Elle tira une longue bouffée de sa Benson & Hedges.

— Et la nature de cette visite ?

— Je viens de la part de Mme Wagner, 1133 North Vista Street, Hollywood. Elle a un problème avec le travail que vous autres avez fait.

La femme lança un regard de biais vers une porte close. On entendait de la musique.

— Je suis navrée de l'apprendre, soyez sûr que nous allons y remédier.

Elle tendit la main vers une bannette métallique, prit un formulaire sur le dessus et le fit glisser vers moi.

— Si vous voulez bien nous laisser les coordonnées, dit-elle en me tendant un petit crayon jaune.

Les formulaires, ça n'a jamais été mon truc.

— Et Chuck Gregory ? Où est-il ?

— Monsieur Gregory est sur site en ce moment. Je suis désolée.

— Il n'est pas ici ?

— Non. Si vous voulez bien remplir ce formulaire...

À cet instant, la porte à musique s'ouvrit sur un grand body-buildé aux cheveux en brosse courte. La trentaine. Manches retroussées, il portait ses biceps hauts et écartés.

— Lydia, je croyais t'avoir demandé d'appeler...

Puis il me vit.

— Heu... oui ?

— Salut, dis-je avec un sourire aimable.

C'est toujours mieux de commencer en douceur.

— Monsieur Gregory, je présume ?

— Heu...

Évidemment que c'était lui.

— Monsieur Gregory, je suis Dick Henry, et je suis ici pour vous parler du problème Wagner. (Je souris.) On en parle en privé ?

J'entrai dans la pièce à musique, m'assis. Toujours dans le hall, Brosse Courte se mit à engueuler la bonne femme.

— Putain, Lydia ! Je t'avais dit que j'étais pas là !

— C'est toi qui viens de prouver le contraire.

— Merde. Appelle Andy et dis-lui de m'attendre un peu. Non, demande-lui seulement de me retrouver au Foxy's. Bon, qui c'est déjà, ce connard ?

— Dick Henry.

— Et pourquoi il est là ?

— Mme Wagner. Hollywood. Tu lui aurais replâtré son plafond.

Gregory consulta sa montre. Aurais. Aurais replâtré son plafond. Venait-elle de lui balancer une vanne ? Il aurait dû la virer, cette vieille pute, pour insolence, bordel, mais les bonnes employées ne couraient pas les rues de ce côté-là de la vallée et elle pouvait jongler avec d'interminables colonnes de chiffres dans sa tête même quand elle était bourrée. Merde. Il allait rater le numéro de *pole dance* de Stormy. Peut-être y passerait-il plus tard pour une *lap dance*. Mais d'abord, il allait falloir botter le train de ce Dick Harvey.

***

Le bureau était sale, pas aéré, et partiellement éclairé par une petite fenêtre crasseuse. Non qu'il y aurait eu quoi que ce soit à voir. Je pensai à Mme Wagner et sentis une pointe de vive antipathie pour Chuck Gregory. Les types dans son genre écraseraient toutes les Mme Wagner du monde jusqu'à ce qu'on les en empêche.

Gregory entra.

— Les gens ont pas pour habitude de débarquer comme ça dans mon bureau, grogna-t-il en s'asseyant.

Je maintins le cap de l'amabilité malgré la tempête qui se levait.

— Je n'en avais pas l'intention, Chuck. Mme Wagner a bien dû appeler six fois ces deux dernières semaines.

Brosse Courte se pencha au-dessus de son bureau, joignit les doigts, se frotta les pouces l'un contre l'autre.

— C'est que… nous sommes vraiment occupés. Rafraîchissez-moi la mémoire sur ce problème.

— Mme Wagner, 1133 North Vista Street. Vous, ou quelqu'un de chez vous, a replâtré son plafond. Et ça ne tient pas.

Brosse Courte décida de passer à la vitesse supérieure. Il se pencha en avant, agressif.

— Vous êtes avocat ?

Quelque part dans son passé alimentaire récent, il avait bouffé de l'oignon.

Je pris un petit sac des cookies en plâtre de Mme Wagner et les lui glissai en travers du bureau.

— Je ne suis pas avocat, dis-je. Mais voilà de quoi je parle. Y a pas besoin d'être avocat pour ça.

Chuck tritura le sachet, puis me fixa des yeux. J'en conclus que j'étais censé avoir peur.

— Est-ce avec vous que je vais avoir des problèmes, Harvey ?

Sous le plateau du bureau, mon poing gauche commençait à me démanger.

— Mon nom, c'est Henry. Et j'espère sincèrement qu'il n'y aura pas de problème.

Chuck se leva, lança des regards autour de lui dans la pièce.

Je me levai aussi.

— Je cherche seulement à arranger les choses, ajoutai-je.

— Parfait. C'est à ça que sert la Cour des petites créances.

Je l'avais sous le nez.

— À vrai dire, ça va pas, ça. Mme Wagner a dans les trois cents ans. Elle ne sera plus là pour entendre la décision du tribunal.

Je lui laissai une dernière chance, mais voyais bien qu'il était trop con pour apprécier les égards que j'avais pour lui.

Un sourire méchant étira ses traits teutons.

— J'ai une tête de directeur du service « compassion » ?

Ma main gauche avait atteint son niveau vibratoire maximum.

— Pas encore, répondis-je.

Alors, les forces célestes du karma projetèrent mes poings en un gauche-droite-gauche dans le bide, suivi d'un uppercut droit au menton, qui lui fit claquer les dents comme une souricière à dollars.

Il tangua jusqu'au mur derrière lui et se laissa glisser par terre en position assise avec un bruit mou.

— Debout, enfoiré.

Je le saisis par le col et le relevai d'une secousse pour le repousser dans son fauteuil.

Dessous se trouvait son plan d'urgence : une batte de baseball en alu. Il se releva et la fit tournoyer. Je la vis venir sur moi, l'entendis siffler en passant devant mon menton et la vis fracasser sa petite vitrine de souvenirs.

Il me regarda et eut assez de bon sens pour ne pas supplier ; je lui pétai le nez d'un direct du droit.

Savez-vous pourquoi, au cinéma, le bruit d'un os qui se brise est simulé en cassant du céleri frais ? Parce que casser des os fait exactement le bruit du céleri frais qu'on casse. La bataille de l'A-1 Contractors était terminée.

— Sors ta caisse, p'tite bite, et vite.

Il s'exécuta.

— Ouvre-la, et compte six cents dollars pour Mme Wagner.

Il s'exécuta.

— Et maintenant, cent de plus pour Finny.

Il m'interrogea du regard, se demandant qui pouvait bien être Finny, mais un autre Benjamin Franklin fut posé sur son bureau.

— Et maintenant, cinq cents pour moi.

Il compta cinq Franklin de plus, puis s'affaissa dans son fauteuil.

Je fis un pas vers lui, il tressaillit.

— Et maintenant, Chuckie, écoute bien ce que je vais te dire.

Il acquiesça. Le devant de sa chemise était imbibé d'un joyeux rouge cramoisi.

— C'est pas bien d'arnaquer les petites vieilles. Tu m'as compris ?

Il m'avait compris.

— Si jamais tu refais ça à quelqu'un que je connais, je reviens te voir et je te bousille sérieux. Tu m'as compris ?

Il m'avait compris.

— À bon entendeur, Chuckie.

Je quittai son bureau et fermai la porte derrière moi. La dame me regarda.

— Vous l'avez mis K-O, monsieur Harvey ?

Je souris.

— Ouais.

Elle alluma une cigarette, souffla doucement la fumée vers le plafond.

— Bonne journée, dit-elle.

Je redescendis Sepulveda Boulevard. Parfois, la vallée était un chouette endroit. Harvey, Henry, quelle différence ?

Je mis un CD de Pearly King.

Tes yeux bleus sont-ils bleus ou verts ?
T'es la plus belle chose que j'aie jamais vue
Je sais que tu dis de ces mots…
Je sais pas ce qu'ils veulent dire
Tes yeux bleus sont-ils bleus ou verts ?
Je ne le savais pas jusqu'à ce que je le sache
Baby, je t'attendais
Tes yeux bleus sont-ils bleus ou verts ?

CHAPITRE 6

PERSONNE N'ENGAGE DE POURSUITES CONTRE DICK HENRY

Pendant ce temps-là, à l'angle des boulevards d'Hollywood et Cahuenga, dans un bureau au troisième étage du Hollywood Professional Building, Tisdale se tâtait le nez du bout des doigts en s'entretenant avec le sieur Myron Ealing.

Ealing, qui pesait deux cent dix kilos, avait le poing enfoncé jusqu'au coude dans un seau de quinze litres de pop-corn de Noël rassis. Il dodelinait de la tête.

Sur la recommandation de Bobby la Fouine, Tisdale avait monté les trois volées de marches pour trouver le monstrueux Jabba. Et payé ledit Jabba cinquante dollars d'avance. Mais le gars continuait de dodeliner de la tête.

— Ce que j'essaie de vous faire entendre, monsieur Tisdale, dit Ealing en crachant un bout de maïs caramélisé du bout de sa langue, c'est que personne n'engage de poursuites contre Dick Henry.

— Comment ça ?

Il avait payé cinquante dollars pour entendre ça ?

— Un délit a été commis, reprit-il. J'ai perdu plus de la moitié de mes affaires.

— Personne n'engage de poursuites contre Dick Henry, répéta Ealing, ça ne mène nulle part.

Ce bon vieux Dick. Dick connaissait tous les employés de l'administration municipale. Pour un billet de cent craquant et un sourire, des documents étaient tronqués, déchiquetés, brûlés, perdus ou endommagés par des insectes.

Il connaissait trop de monde, voilà tout. Le DWP[1]. La Con Edison. La compagnie du gaz. La flèche mortelle pouvait venir de n'importe où. Cette facture d'eau astronomique devait être une erreur, mais, Seigneur, serrées dans les mâchoires de la bureaucratie, l'erreur pouvait mettre des semaines à être éclaircie. Entretemps, on crevait de soif et on ne pouvait pas tirer la chasse.

Alan Trudeau, cet idiot de producteur, s'en était pris à Dick. Ooooh, quelle bêtise, quelle énorme bêtise! Mais bête, Trudeau l'était: du genre à croire dur comme fer à l'importance de sa petite personne. En plus de son astronomique facture d'eau de trente six mille dollars, sa nouvelle BMW série 7, bien à l'abri dans le box fermé de sa résidence protégée, avait été saisie. Selon les documents officiels, il n'avait pas payé un P-V pour matériel défectueux. Trudeau n'avait aucun souvenir de cette verbalisation. Une amende colossale était exigée contre la restitution du véhicule.

Trudeau avait persisté dans sa folie. En conséquence de quoi, il s'était rendu compte que la très byzantine chaîne de propriétaires de l'entreprise de remorquage, telle celle d'un marchand de sommeil, défiait toute obligation légale. Et facturait au quart d'heure.

Un homme sans réseau n'a d'autre choix que de capituler. Trudeau avait accepté de verser une rançon royale. Plus cinq cents dollars de frais de dossier. Et sa plainte était tombée dans les oubliettes. Des charançons du coton avaient rendu les formulaires illisibles.

***

— Vous êtes en train de me dire que vous ferez que dalle pour moi, lança Tisdale. C'est ce que vous êtes en train de me dire?

1. Department of Water and Power. Le plus gros fournisseur d'eau et d'électricité de la ville.

Chaque fois dans sa foutue vie, ses rencontres avec le système avaient été stériles et négatives. Que ce gros branleur aille se faire mettre !

Ealing lorgna l'imbécile de l'autre côté de son bureau. Comment faire entrer dans cette tête aux neurones basse tension un concept haute tension ?

— C'est ainsi, reprit-il. Y a pas trente-six manières d'enculer une poule. Et il vous manque le nécessaire et la technique. Sans compter que vous vous passerez volontiers des ennuis que vous ne manqueriez pas de vous attirer, croyez-moi. Le meilleur conseil que je puisse vous donner, c'est de rentrer chez vous. Enfin… là où vous vivez.

— Je veux que vous me rendiez mon fric.

Myron Ealing se leva et tendit le doigt vers la porte.

— Sortez de mon bureau.

— Rendez-moi mon fric !

Avec la grâce d'une ballerine, Ealing contourna son bureau en un instant, surplombant son interlocuteur comme un nuage noir. Et pointa sur Tisdale un doigt gros comme un concombre.

— Vous avez payé pour que je vous donne un conseil. Vous l'avez eu. Est-ce que je vais devoir m'asseoir sur votre tête ?

Allégé de cinquante dollars, putain de merde, Tisdale posa le pied dans Hollywood Boulevard. Baisé, une fois de plus.

CHAPITRE 7

LE CHAPEAU VERT

Myron Ealing avait appelé sur recommandation. Dick avait-il entendu parler d'Artie Benjamin ? Un producteur ?

Un producteur de quoi ?

Dans le cas présent, d'érotisme.

Qu'est-ce que tu veux dire, dans le cas présent ?

Tu fais chier, Dick, je veux dire qu'il fait dans le porno. Il a un petit entrepôt là-bas, à Van Nuys. Cinquante titres. *Buffalo Bill à Hollywood*.

Je devrais m'en souvenir ?

Comme tout le monde.

Et la nature de son problème ?

Sa femme.

***

J'arrivai dans Rexford Drive, à Beverly Hills, au coucher du soleil. La maison d'Artie Benjamin était neuve, prétentieuse, trop grande pour la parcelle : piédestaux, colonnes, moulures, voûtes, splendeur boursouflée rose pâle. Mais tout en plâtre qui sonne creux. On pouvait la faire tomber avec une Subaru.

Un Philippin en noir ouvrit la porte. Yeux qui ne clignent pas, d'une malveillance brun acajou.

— Je viens voir M. Benjamin, annonçai-je aimablement.

La porte fut tirée en arrière. La décoration du vaste vestibule sortait tout droit d'une revue de décoration intérieure et était sans caractère, tout en beige, dans le genre hall d'hôtel trois étoiles.

On me mena à l'étage, dans un bureau.

Une lampe de banquier diffusait une clarté verdâtre sur le plateau d'un immense bureau. Derrière celui-ci, un individu à épaules rondes et enveloppé de volutes de fumée était confortablement assis dans un haut fauteuil inclinable. Le Philippin alla se placer sur sa gauche.

Mes yeux finirent par s'accoutumer à la lumière. Artie Benjamin n'était pas bel homme. Je lui donnai la cinquantaine bien tassée. Il avait le visage gras, des traits épais, des yeux rapprochés. Cheveux bruns savamment disposés sur le crâne pour tirer le meilleur parti de presque rien. Une moustache subtilement sculptée formait une fine ligne entre son nez et ses lèvres minces.

— Ainsi donc, Dick Henry, c'est vous.

Il me fit signe de m'asseoir dans le fauteuil en face de lui.

— Et vous, vous êtes Art Benjamin.

Je m'étais rencardé sur lui avant de venir. Il avait hérité de beaucoup d'argent de son père qui était le roi du carton dans le pays. Ce règne m'avait échappé jusqu'alors. L'ombre du monarque était difficile à gommer, et Artie n'y était jamais parvenu. Il avait donc fait un peu tout et n'importe quoi, s'était marié et avait divorcé deux ou trois fois ici et là.

Puis, à Las Vegas, il s'était retrouvé dans un festival de films X, et le hasard avait fait le reste. *Buffalo Bill à Hollywood* n'avait rien à voir avec des chevauchées de cow-boys. Mais il avait rapporté seize millions de dollars pour un investissement de quarante-six mille et voilà qu'Artie avait trouvé sa vocation. Des gogos avaient jugé que c'était de l'art, et Artie avait eu l'intelligence de la boucler. Que les talents spectaculaires de la tenancière du saloon Buffalo Bill, Thelma Gorge Sèche, aient été brutalement interrompus par une auto-administration d'héroïne n'avait fait qu'ajouter une aura d'artiste maudit au succès de Benjamin.

Artie prit enfin la parole.

— Déjà été marié ?

— Oui.

— Divorcé ?

— Oui.

— Déjà porté le chapeau vert ?

Le chapeau vert.

— Qu'est-ce que ça veut dire ?

Je sentais le regard du Philippin sur moi. Impersonnel, froid. Deux loupiotes de frigo.

— Votre femme. Elle prenait du bon temps ? Elle vous trompait ?

— Je ne sais pas. Je ne crois pas.

— Vous êtes de ceux qui préfèrent ne pas savoir ?

— Le savoir a ses dangers.

— Pourquoi avez-vous divorcé ?

Je haussai les épaules.

— En gros, asphyxie de la communication. Plus précisément, la livraison imprévue d'une tarte à la citrouille.

Artie plissa le nez.

— J'ai horreur des tartes à la citrouille, dit-il.

— Moi aussi. Qu'est-ce qui vous tracasse, monsieur Benjamin ?

— Ma femme. Je veux que vous vous renseigniez sur elle.

— Vous l'aimez ?

— Non.

Il n'avait pas apprécié la question.

— Mais c'est la mienne, ajouta-t-il.

— Quel âge a-t-elle ?

— Vingt-neuf ans. Je crois.

— Vous avez fait un contrat de mariage, exact ? Pourquoi ne pas tout simplement divorcer et passer à autre chose ?

— Ce n'est pas si simple.

— Qu'est-ce que vous voulez ?

— Savoir, rien de plus. Savoir de quoi il retourne. Si elle me trompe. Je ne veux pas de photos ni rien de tout ça. J'ai seulement besoin de savoir.

Pouce et index glissèrent sur la moustache.

— Vous ne savez donc pas si elle vous trompe ?

Bien sûr qu'il le savait.

— Je veux savoir pour de bon.

C'est dans ces moments-là que je remettais en question ma vocation d'Expéditif. Tout conjoint infidèle, même si tous sont des êtres humains uniques et possèdent sans doute de merveilleuses qualités, ne fait que chanter une variation sur le même thème. Elle/il ne comprend/sait pas qui je suis réellement.

À cet instant précis, j'eus la sensation de sonder depuis trop longtemps les aspects les plus vils de la condition humaine. Je repensai à la devise piquante du plombier, coulée en bronze : votre merde est mon pain quotidien. Pourquoi n'avais-je pu me satisfaire de gagner le mien en réparant des climatisations ?

— On m'a dit que vous étiez le meilleur dans votre domaine, reprit Artie.

Je décidai de refuser de travailler pour lui.

— Je suis très cher, monsieur Benjamin. Très très cher, en fait.

— Quel est votre tarif ?

— Huit d'avance, sept à la remise du rapport oral.

— Quinze en tout.

— C'est exact.

— Vous ne mettez même pas ça par écrit ?

— Non.

— Vous êtes cher.

Cher, en effet. J'allais peut-être faire un saut au Las Brisas pour descendre quelques bières avec Rojas et compagnie.

— Très bien, dit Artie en pinçant la bouche et en hochant la tête. On y va.

C'en était fait. Ma grandeur s'imposait à moi.

— Très bien. Donnez-moi photos et numéros de téléphone, et je vais m'y mettre.

Arnold Kruger, mon expert-comptable, aurait été fier de moi. Du bon boulot.

Art Benjamin hocha la tête.

— Oubliez le cirque à la *Mission impossible.* J'organise une petite fiesta vendredi soir. Passez donc, vous rencontrerez la femme en personne. Je vous présenterai comme un de mes nouveaux producteurs associés.

C'était-y pas joli.

CHAPITRE 8

ALL THE THINGS YOU ARE[1]

Lynette était endormie dans mon lit. Je baissai les yeux sur elle. Un mensonge en est-il un quand on le fait à une belle femme ? Non : les belles femmes sont des mensonges en et par elles-mêmes. Sans même dire un seul mot, elles vous font d'extravagantes promesses. Et dans le soupir qui suit, les rompent. Telle était Lynette. Telle avait été Julia.

Cela dit, Julia était deux fois moins craquante que Lynette. Ce qui ne l'empêchait pas d'avoir d'indéniables attraits architecturaux.

J'avais rencontré Julia du temps où j'étais dans la marine, à Pearl Harbor. À l'époque, convaincu que ma personnalité se gélifiait devant la beauté, je l'avais emmenée dans un club de jazz. Où, si la conversation tournait court, je pouvais claquer des doigts et prétendre que les mots n'étaient pas nécessaires.

Devant, Martin Levy, un trentenaire au crâne dégarni et à l'œil divergent, dominait un Steinway blanc déglingué, telle une mante religieuse.

Après deux morceaux, Julia se tourna vers moi et me posa une question pour laquelle je l'aurais volontiers payée. Elle me montra Levy.

— Comment savoir si un type joue vraiment bien ou s'il cherche juste à frimer ?

1. Littéralement : « Tout ce que tu es. » Grand standard de jazz.

Je jouais un peu de guitare en ce temps-là, la faute à Clapton, et venais tout juste de survoler plusieurs articles sur l'improvisation en jazz.

Selon je ne sais qui, *All the Things You Are* se situait bien au-dessus de toutes les autres chansons côté impro. Si vous étiez capable d'aligner tous les changements d'accords de ce morceau composé par un certain Jerome Kern, vous pouviez affirmer à juste titre être un vrai musicien de jazz.

— Tu en connais un rayon sur le jazz, Dick, me dit-elle. Je suis vraiment impressionnée.

Impressionnée ? Ce mot me déliant la langue, j'entamai les préliminaires. J'y allai de quelques paragraphes sur l'improvisation verticale et horizontale. Sur les différences entre les styles be-bop de Charlie Parker et cool de Miles Davis.

Sur la petite estrade, Martin Levy, tout transpirant, termina son set sous d'honnêtes applaudissements. Puis il se leva et regarda autour de lui, quêtant les félicitations.

Je m'approchai de lui, flanqué de Julia, aux anges. Tout en me demandant de quel œil il me regardait, j'échafaudai un compliment sur mesure, suffisamment précis pour qu'il se rende compte que je m'y connaissais un peu en musique. Mais Julia me devança.

— J'adore vos improvisations horizontales, babilla-t-elle.

— Ah oui ? Super ! (Il était visiblement ravi.) Et mes verticales ?

— Celles-là aussi, affirma solennellement Julia.

Levy se fendit d'un large sourire, et je compris que, dans sa tête, il lui chatouillait les amygdales.

Il me réintégra dans le tableau.

— Les gens comme vous, c'est trop cool, s'extasia-t-il. C'est pour eux que je joue. C'est pour ça que je joue.

Un œil lorgna du côté de la généreuse poitrine de Julia.

Hé mais, allez vous faire foutre tous les deux, songeai-je. *On va voir jusqu'où t'es doué, petit merdeux de n'a-qu'un-œil.* Je lançai un regard glacial à Julia, puis me tournai vers le Cyclope.

— Vous pourriez jouer un air pour nous ?

Il agita ses petits doigts boudinés, sourit.

— Pour vous, n'importe quoi. Que voulez-vous entendre ?

— *All the Things You Are*, c'est possible ?

Par ce type, ah !

Ma suggestion arrêta Piano Man dans son élan.

Je décochai un coup d'œil à Julia. Tu vois ?

— *All the Things You Are ?*

Il faisait moins le mariolle.

Qui trop se vante est confondu. Et arrête de zyeuter les nichons de Julia avec ton œil, bordel !

— Je sais pas, dis-je en haussant les épaules d'un air désinvolte. C'est peut-être pas dans ton style.

— En fait, mec, ça l'est. Même que je viens de le jouer.

Si j'avais eu le sens de l'à-propos, je lui aurais demandé de le rejouer, mais bien cette fois. Mais j'étais pris de court. Vissé sur place et vidé de toute intelligence.

Julia se tourna vers moi et me regarda comme si j'avais six pattes et venais de sortir en rampant de sous la table de nuit. Elle avait le nez un peu long, c'était la première fois que je le remarquais. Et une oreille un peu plus haute que l'autre.

Quoi qu'il en soit, c'est ainsi que Julia fit la connaissance de Martin Levy, et entama sa longue descente dans la drogue, le HIV et la mort.

Et ce même incident fut un des panneaux indicateurs qui me permirent de conclure que la musique n'était pas la route que je devais suivre dans la vie.

J'étais destiné à devenir l'Expéditif.

Lynette s'étira, ouvrit un œil, me sourit, m'attira dans le lit. Les caresses, ça ne ment pas.

CHAPITRE 9

VOUS CONNAISSEZ MA FEMME?

La Cadillac ronronnait tout doux vers l'ouest dans Sunset Boulevard. Les néons, comme toujours, me remontèrent le moral. Que Julia aille se faire mettre!

Je consultai ma montre. J'aurais l'élégance d'arriver en retard à la soirée porno d'Artie Benjamin.

Toutes les places de stationnement de la rue étaient déjà occupées. Un jeune étudiant employé par la société de voituriers en veste USC distribuait des tickets et des instructions. Après deux Lexi, ce fut mon tour.

Richie Rich ne fut pas impressionné par le plus beau fleuron des usines de Détroit, modèle 69. Il passa la tête par la vitre, ennuyé, et me montra le bout de la rue.

— Les livreurs, c'est par-derrière.

Je le chopai par la cravate, le tirai vers moi.

— Alors, penche-toi en avant, chéri.

Après un moment de silence et d'intimité, nous accédâmes à un niveau supérieur de compréhension mutuelle.

— Peut-être que, heu... vous êtes un invité, déduisit-il.

— Et que vous allez garer ma voiture.

Ainsi fut-il fait.

***

C'était bondé. Je ne connaissais pas âme qui vive. Je commençai à me demander quels étaient les devoirs du producteur associé. Même s'il semblait que n'importe qui puisse, sans doute, s'en acquitter.

Mes années à Hollywood m'avaient permis de vaguement me familiariser avec ceux du producteur ordinaire. Cela consiste à obtenir. Obtenir des fonds, du matériel, des faveurs, des gens. À tout réunir au moment exact où le tout excède la somme des parties. À tout maintenir en un seul morceau quand le rêve se dilue dans la réalité. À remplacer New York par Toronto, l'Arcadie par Beverly Hills, Chevrolet par Cadillac. De temps en temps, ça tourne bien, et votre nom se retrouve sur l'aile d'un bus qui roule dans des quartiers où personne ne parle anglais.

Je tombai sur sept autres producteurs associés avant d'avoir fini mon premier verre. Je n'avais pas encore aperçu mon hôte. J'espérai qu'il se rappelle m'avoir invité. Je haussai les épaules pour moi-même. Il avait huit mille bonnes raisons de s'en souvenir. Ou de l'avoir oublié.

Puis je le repérai et nous nous dirigeâmes vers le fond de la salle.

Les fêtards ne semblaient pas tous connaître l'organisateur. Artie Benjamin les montra de la main.

— Tous les amis que l'argent peut acheter.

Puis je vis son Philippin qui portait un plateau de boissons.

— Tu as vu Judy ? lui demanda Benjamin.

Le Philippin acquiesça, son regard transmettant un message de prudence qui ne m'était pas destiné.

Benjamin perdit patience, l'écarta d'un geste.

— On s'en fout, de ça. Où est-elle ?

Le Philippin indiqua l'arrière de la maison d'un coup d'épaule, et renifla deux fois, très vite.

— Merci, Arnuldo, dit Benjamin en se tournant vers moi. Elle sniffe de la coke au fond.

Qu'importe ce qui te fait tenir jusqu'au matin[1]. Quoique, sur le plan moral, en y regardant de plus près, les choses se dépar-

1. Allusion à la chanson de John Lennon *Whatever Gets You Through the Night.*

tagent en deux catégories. Bonnes ou mauvaises. Pas de juste milieu. Pas de point neutre.

— Je vous suis, dis-je pour presser mon hôte.

Nous passâmes devant d'autres activités, sexuelles et chimiques, à mesure que nous traversions les pièces. Toute inhibition avait depuis longtemps été jetée aux orties. Il faudrait faire appel à un bataillon de femmes de ménage le lendemain.

Finalement, par les fenêtres de la salle de jeux – ping-pong, billard, hockey sur coussin d'air et backgammon –, un groupe de silhouettes se découpa, en ombres chinoises, dans la véranda.

Tout ce petit monde s'esclaffait, chacun se penchant tour à tour vers un petit plateau brillant.

L'air que prit Benjamin refléta bien le fait qu'ils se défonçaient à ses frais.

— Judy, lança-t-il de manière amicale.

Je ne voyais qu'une femme parmi eux. Laquelle, ignorant Benjamin, se pencha une fois de plus vers le miroir.

— Judy!

Cette fois, la voix de Benjamin contenait un brin d'autorité parentale teintée d'impatience contenue.

— Oh, pour l'amour du ciel, Artie! rétorqua la femme sans se retourner.

Rires à la ronde.

Benjamin me sourit pour me rassurer: elle ne lui avait pas manqué de respect.

— Judy, reprit-il, il y a quelqu'un que j'aimerais te présenter.

— À vos ordres, mon capitaine!

Nouveaux rires.

Je vis sa mâchoire se crisper. Il m'adressa un autre sourire. Cent pour cent forcé. Avait-il oublié la raison de ma présence? Ou était-ce la réaction naturelle au cocuage?

La femme s'accorda un dernier *sniff*, pivota sur elle-même et s'écarta de la petite bande pour entrer dans la salle de jeux.

Mon Bloody Mary me glissa entre les doigts et se fracassa par terre.

Lynette.

Lynette, c'était Judy.

Judy, c'était Lynette.

— Excusez-moi, parvins-je à articuler, le visage en feu.

— Dick, voici ma fem'…

Mais Judy s'avança, lui coupa la parole et me tendit la main.

— Salut, Judy Benjamin.

Nous nous serrâmes la main.

— Ravie que vous ayez pu venir. Et ne vous inquiétez pas pour notre verrerie.

En miettes à ses pieds.

— C'est des merdes qu'on a achetées pour la soirée. Artie les remplacera.

— Dick Henry, dis-je.

Soudain, je me découvrais mauvais comédien. Je collai un sourire sur ma face.

Judy fit le tour de la pièce du regard, puis le reporta sur moi.

— Vous avez fait des dégâts, Dick. Je parie que vous en faites très souvent, des dégâts.

Elle regarda Artie.

— Où est Arnuldo ? demanda-t-elle.

Celui-ci apparut, balai en paille et pelle à poussière à la main, et se mit au travail.

— Voulez-vous qu'Arnuldo aille vous chercher un autre verre ?

Judy était d'un calme olympien.

— Non, merci.

Arnuldo en termina, me regarda du coin de l'œil, disparut.

Benjamin s'immisça, me tapa sur l'épaule.

— Je viens d'engager Dick comme producteur associé pour un de mes projets.

Judy m'évalua sous un jour nouveau, apparemment.

— Eh bien, eh bien, eh bien, dit-elle. Producteur associé. C'est une espèce rare. Quel est le projet sur lequel vous allez travailler ?

Comment l'aurais-je su ?

Benjamin répondit à ma place, mauvais comédien lui aussi.

— Il va bosser sur *Frotti-frotta.*

— *Frotti-frotta ?* Quelle en est l'intrigue ?

Elle me regardait dans les yeux.

— S'y frotter, répondis-je.

Je reprenais plus ou moins contenance, et ma surprise initiale se muait en colère.

Judy se mit à rire.

Benjamin sourit de toutes ses dents.

— En fait, ce ne serait pas un mauvais titre, lâcha-t-il.

— Vais-je devoir m'inscrire à la Writers Guild ?

Je devenais plus à l'aise sur mon nouveau dada.

— Vous savez écrire ? me demanda-t-elle.

— Non.

— Alors, vous avez de l'avenir.

Benjamin nous étudia tous les deux. Puis il posa la main sur mon bras et, s'adressant à sa femme :

— Excuse-nous, ma chérie. Il y a d'autres personnes que Dick, je pense, devrait rencontrer.

Judy acquiesça.

— J'ai été ravie de faire votre connaissance, monsieur...

Mon nom lui échappait.

— Henry, dis-je obligeamment. Dick Henry. J'ai été ravi, moi aussi.

Elle sourit et regagna la véranda.

Benjamin et moi repartîmes par où nous étions venus, mais il avait l'air préoccupé et ne me présenta personne. Évidemment. J'en avais presque oublié que je jouais un rôle. Il se dirigea vers son cabinet de travail, me faisant signe de le suivre.

Il referma la porte, alla s'asseoir à son bureau, ouvrit le tiroir central, en sortit un miroir et une petite fiole. En vida le contenu sur le miroir, et commença à trancher la coke avec une carte de paiement Armani.

— T'en prends, de cette merde ?

Je secouai la tête.

— Non, merci. J'ai d'autres façons de claquer mon fric. Notamment en pension alimentaire pour femme et enfant.

— Mais ne vous gênez pas pour moi.

Loin de lui cette idée. Il continua de faire des rails, puis il plongea de nouveau la main dans son tiroir et en sortit une paille en argent. Le rituel préshoot de coke était terminé. C'était maintenant ou jamais. Il sniffa une énorme ligne. Cligna des yeux. Se pencha en arrière. Soupira.

— Tout ce qu'il me faut maintenant… c'est remettre ça.

L'homme prend de la came. La came prend l'homme.

Il en versa de nouveau, l'écrasa, se fit un rail. Puis il rangea son matos, leva la tête vers moi.

— Ben voilà, c'était ma femme.

— C'était votre femme.

Puis il se laissa retomber contre le dossier de son fauteuil et me regarda.

— J'ai une question pour vous, monsieur Henry.

Il pencha la tête d'un côté, comme pour mieux m'observer.

— Vous, heu… connaissez ma femme ?

Je le regardai droit dans les yeux.

— Oui, bien sûr, monsieur Benjamin. Mais j'ignorais qu'elle était mariée. Avec vous. Avec quiconque. Je la tringle avec mon manche spécial Dick depuis trois, quatre mois.

Que dites-vous de ça comme vérité toute crue ?

Benjamin ouvrit le tiroir de son bureau, en sortit un énorme flingue. Me visa en plein visage et pressa la détente.

C'est ainsi qu'on me trouva. La tête arrachée.

***

Je pilotai la Cadillac vers l'est dans Sunset Boulevard. Je voyais les lumières les plus occidentales du Strip. Le vent était frais, revigorant.

Bien sûr que je n'avais pas dit ça.

J'aurais pu dire quelque chose, mais, en une fraction de seconde, le moment de prendre la parole était irrémédiablement passé et je m'étais retrouvé jeté dans des flots de tergiversations, lancé dans une série d'actions inconnues.

Et Lynette dans tout ça ?

Que Lynette aille se faire foutre.

CHAPITRE 10

ET JE TOMBAI

Plus tard ce soir-là, on frappa à ma porte. Je savais que c'était elle. J'envisageai de ne pas lui ouvrir, mais comme je voulais la tuer, je le fis.

— Va. Te faire. Foutre.

Mes premiers mots.

— Dick.

— Va te faire foutre.

— Vas-tu m'inviter à entrer ou juste m'insulter sur le pas de la porte ?

— Et puis merde. Entrez donc, madame Benjamin.

Elle entra.

— Je ne sais pas quoi te dire, vraiment pas.

À part : je savais depuis le début qu'un truc comme ça allait arriver, j'ignorais seulement à quel moment. Moi, j'avais le cœur brisé en millions de morceaux. Bien sûr, elle avait fait son chemin à la force du poignet. Comment avais-je pu ne pas m'en douter ? Comment Artie aurait-il pu ne pas s'en douter ?

— Tu pourrais au moins dire bonjour, Dick.

— Va te faire foutre, « Judy ».

— Je suis désolée, Dick.

— Tu es désolée ? De quoi, si je puis me permettre ? Que ton mari m'ait engagé pour découvrir avec qui tu baises ?

Silence.

— Et comment se fait-il, au nom du ciel, que ce soit moi qu'il ait contacté ?

— Je n'en sais rien, Dick.

— Quel foutu bordel.

— Je regrette de t'avoir blessé.

— Ouais, il y a un peu de ça. Parce que celui que tu as rencontré… celui que tu as rencontré, c'était moi… à peu de chose près, en tout cas.

Comme je le disais : nul homme n'est entièrement honnête avec une belle femme. Il y réfléchit à deux fois.

— Dick…

— Et pourquoi « Lynette », juste ciel ! D'où ça sort ?

— C'était le prénom secret que je me donnais. Celle que je voulais être au lieu de celle que j'étais. Celle que j'ai essayé de te donner. Et je t'ai donné de moi tout ce que je pouvais te donner.

Ses paroles, le son de ses paroles, m'écœuraient. Chacune d'elles était un éclat de miroir qui reflétait ma bêtise.

— Tu…

Je pointai le doigt sur elle.

— … tu es une sale menteuse. Et maintenant, toi et moi, *toi et moi, que Dieu nous aide*, on est dans la merde !

— Mais non.

— Oh que si ! C'est peut-être un gros con, mais il n'est pas bête. T'est-il venu à l'esprit que le fait qu'il m'engage, moi, n'est peut-être pas une coïncidence ? Il m'a carrément demandé si je te connaissais.

— Que lui as-tu répondu ?

— Je lui ai menti, putain. Qu'est-ce que tu crois ?

Plus détendue à présent :

— Artie ne ferait pas de mal à une mouche.

Je frottai mon pouce contre mon index.

— L'argent ! L'argent ! Il a les moyens de faire du mal aux gens. Tiens, regarde Machin Chouette… Arnuldo. C'est ce qu'il fait. Il fait du mal aux gens. Alors, si jamais les œillères d'Artie lui sont arrachées et s'il se rend compte qu'il n'est qu'un pauvre idiot avec une grosse pute pour épouse et plus rien à perdre… là, il va devenir dangereux. Très dangereux.

— Autant que tu le laisses dans le noir.

— Quoi d'autre ?

Le noir, moi aussi, j'en avais besoin.

Je retournai dans la chambre où la fenêtre donnait côté frais. Seuls les grillons occupaient le terrain. J'enviai leur constance.

Le parquet grinça. Elle m'avait suivi. J'aurais dû me retourner, lui botter le train et lui dire d'aller se faire voir.

Je sentis sa main sur mon épaule. Les effluves de parfum émanant de son poignet.

— Fais-moi l'amour.

Je ne bougeai pas.

— Fiche le camp. Dégage.

— Dick.

— On est incapables de faire l'amour, toi et moi. Je ne sais même pas ton nom. On est tout juste capables de baiser.

Je scrutai l'obscurité du jardin.

Sa voix, murmure humide :

— Alors, baise-moi, Dick.

Je fis volte-face pour la gifler. Elle ne broncha pas. Elle redressa la tête.

— Vas-y, cogne-moi. Je le mérite.

Je restai bras ballants, puis l'empoignai par les cheveux et la jetai sur le lit. Elle rit. Un rire pas franc.

Je négligeai son chemisier au profit de son pantalon que je lui arrachai en le tirant vers le bas. Elle s'en débarrassa en gémissant. À la Porte de Jade, je fis glisser sa culotte sur le côté. Passai un doigt dessous, qui s'enfonça aussitôt dedans. Elle n'avait même pas besoin de préliminaires. Je tirai sa culotte vers le bas, mais sans la lui enlever, lui fis plier les genoux, la fessai fort, de bons allers-retours, *paf! paf!*, lui levai les jambes et entrai.

Et nous voilà partis au grand galop comme si le diable était à nos trousses. J'étais rempli de rage et, en même temps, d'une joie physique féroce sans pour autant perdre le contrôle. Je lui fis traverser des nuages et des orages encore et encore et, finalement, réglai l'objectif sur moi. Je gravis la montagne en soldat indifférent à la vie ou à la mort, et, au point culminant, elle enfonça ses ongles dans mon dos tandis que j'explosai dans le néant, toutes les cellules de mon être se séparant, puis je retombai en moi-même, à travers moi-même, étoile à neutrons dans sa densité dernière et douloureuse, passai de l'autre côté et une deuxième vague approchant, je me dis que c'était impossible, mais repartis à l'assaut, victorieux, éperdu, désintégré une fois encore, vil et beau, en miettes, au supplice, tendu atome par atome jusqu'au moment où je tombai, et tombai et tombai.

DEUXIÈME PARTIE

LES RESSORTS DE LA BÊTE

CHAPITRE 11

COUPS DE BÉLIER

Au beau milieu de la nuit je me réveillai, allai boire un verre d'eau glacée et retournai dans la chambre. Elle dormait.

Si on croyait en Dieu, il n'était pas difficile d'imaginer Son amour pour elle. Le subtil arc de ses sourcils, l'ourlet délicat de ses oreilles, l'épaisseur de ses lèvres rubis, son teint de porcelaine, la miraculeuse, mystérieuse ligne de démarcation où commençaient ses cheveux noirs sur son front sans rides. Je pouvais regarder, et regarder encore, et encore.

Je crois qu'au plus profond de l'âme masculine, celle que jamais n'aperçoit son conscient, se trouvent ses canons personnels de la beauté idéale. Et plus l'objet de la contemplation se rapproche de cet idéal inconnu, plus nous sommes prêts à lui prêter de qualités et à en tomber amoureux.

Lynette était totalement amorale, voire nuisible. Mais à regarder son visage, je ne voyais que compassion, gentillesse et bonté. Ainsi étais-je partagé entre Benjamin et Lynette, ma loyauté divisée et paralysée, et prenais conscience de l'impossibilité de servir deux maîtres.

Que voulait-elle ? Lynette m'avait raconté son histoire, mais comme elle ne s'appelait même pas Lynette, qui sait ce qu'il y avait de conneries là-dedans.

Diplôme de fin d'études secondaires en main, elle s'était enfuie de chez elle, à Mount Clemens, près de Détroit. Avec pour seule arme l'*Ulysse* de Joyce – que, bien sûr, affirmait-elle, personne n'avait lu au-delà du troisième chapitre –, elle avait survécu à un voyage en car jusqu'à San Bernardino. Mais Dieu sait comment, privée de sommeil, elle n'en était pas descendue et s'était retrouvée à Long Beach.

Elle y avait trouvé du travail dans un coffee-shop, et rencontré un jeune gars nommé Brett Russell. Du Wisconsin. Il était dans la marine. Ils s'étaient fiancés. C'était l'amour de sa vie. Son bateau, le *St Louis*, un cargo amphibie ceci ou cela, partait dans le Pacifique Ouest. Quelque part entre Long Beach et Pearl Harbor, Russell était tombé, ou avait sauté ou été poussé à l'eau. Conclusions mises à part, le fait est qu'il ne se trouvait plus à bord à l'arrivée dans les îles.

Mais personne n'en avait informé Lynette, les fiançailles n'ayant rien d'officiel entre eux. Elle n'avait tout simplement plus jamais entendu parler de lui. Et avait cru avoir été abandonnée. Au dispensaire, le docteur Lim lui avait alors appris qu'elle était enceinte. Sa belle-mère lui avait dit de ne pas remettre les pieds à la maison. Lynette s'était fait avorter dix jours plus tard. Il y avait eu des complications. Elle ne pourrait plus procréer. Ce qui lui convenait parfaitement. Elle n'avait jamais voulu avoir de mioches.

Neuf mois plus tard, le *St Louis* rentrait à Long Beach. Un compagnon de bord de Brett, Joey Long, l'avait croisée dans la rue et lui avait appris la mauvaise nouvelle. Ils étaient devenus amis. Amants. Effet rebond.

Ils s'étaient mariés dans une petite chapelle branchée de Pine Avenue et installés dans le petit appartement qu'elle avait partagé avec Brett. La plomberie faisait des bruits bizarres. Comme si quelqu'un cognait sur les tuyaux.

— Coups de bélier, lui avais-je dit.

Elle avait ri.

— C'est ça ! C'est ce que disait Joey !

— Joey était mécanicien. Ou technicien de maintenance chaudière.

— Mécanicien ! Avec la petite hélice sur l'épaule.

Elle avait hoché la tête et murmuré :

— C'est tout juste si je me rappelle son visage. Je préparais des petits dîners minables, on regardait la télé, on fumait de l'herbe et on s'envoyait en l'air. On allait au Comptoir de la marine acheter des cigarettes bon marché. On avait une stéréo avec des centaines de boutons, mais on ne captait que la radio AM. Sur un baffle.

Elle avait allumé une cigarette.

— Un jour, on n'avait plus d'herbe et l'appart' était dans un état épouvantable. Joey est sorti avec des potes à lui. Et je me suis surprise à penser : c'est qui, ce mec ? En gros, c'était terminé.

— Il n'y a pas eu de bouquet final ?

— Oh, si, il y en a eu un. Il s'est fait prendre en train de sniffer du nitrate de butyle ou je ne sais quoi pendant un tour de garde de nuit. Et de baiser avec l'opérateur radio.

— Je ne savais pas qu'il y avait des femmes sur ces bateaux.

— Pas une seule.

— Pas une seule quoi ?

— Moi, je savais qu'il n'y avait pas une seule femme sur le bateau.

— Oh. Oh !

Un peu bouché, sur ce coup.

— Ce qui était le vrai problème.

— Joey aimait les mecs.

— Joey marchait à voile et à vapeur, avait-elle dit en riant. Alors, on a divorcé et je suis montée à Vegas.

***

La Belle s'étira, ange ramené doucement à la vie. Son regard s'arrêtant sur moi, un léger sourire ourla sa bouche.

— Fais-moi l'amour, Dick, murmura-t-elle.

Je la regardai, et toute idée noire me quitta.

CHAPITRE 12

L'HISTOIRE DE JOHNNY SANTO

Au matin, elle n'était plus là. Parfait. J'avais du travail et besoin de réfléchir. Ou de ne plus penser. Je me fis une tasse de café bien serré, puis Rojas frappa à ma porte.

Il était impossible de déprimer en sa compagnie. Il ne vous le permettait tout simplement pas. Il alla dans la cuisine de sa démarche nonchalante, jeta son blouson sur le dossier d'une chaise, s'assit. Me dévisagea d'un coup d'œil et hocha la tête.

— Enculé, dit-il.

Aussitôt, je me sentis mieux.

Il alluma un joint et en tira une grande bouffée.

— Alors, quaaaaaaaaa de neuf, l'homme blanc ?

— Rien.

— On dirait pourtant qu'il s'est passé quelque chose cette nuit.

— Ben, non.

— Comme tu voudras, mec. (Il ricana.) Mais tu sais bien que tu ne peux rien me cacher.

Un vieil ami, Jonathan, m'avait un jour traité de tête de *fibissedah*. Du yiddish. Autrement dit, tous mes sentiments défilaient sur ma tronche, offerts à la vue de tous. Me souvenant de cette remarque, j'adoptai une neutralité bien sentie.

— Tu ne trompes personne, reprit Rojas.

Je lui parlai d'un vendeur ambulant, d'un mauvais burrito et d'un fromage de contrebande frelaté.

— Foutaises !

Je lui offris le petit déjeuner, il accepta. Je lui fis mes œufs spécial brouillés avec des toasts au levain. Et tandis qu'il mangeait, je lui expliquai comment, pendant une partie enivrante de mon mariage, on m'avait surnommé le Roi de l'œuf.

— Conneries !

Je lui expliquai la mission de la matinée. Cinq minutes plus tard, nous roulions dans Sunset Boulevard en direction de la plage. Trajet agréable, ensoleillé sans qu'il fasse trop chaud. Nous tournâmes à droite au Gladstone's et filâmes plein nord sur le Pacific Coast Highway jusqu'à Topanga.

Topanga Canyon était le dernier habitat angelin d'une espèce en voie de disparition : le hippie. Chassés de Laurel Canyon par la hausse des loyers, ils s'étaient retrouvés face à deux possibilités : prendre le pouvoir ou le fuir jusqu'à Topanga.

En fin de compte, ils avaient aussi été poussés hors de Topanga. Mais pas encore tout à fait. Nous passâmes devant le Fernwood Market, entre autres, et prîmes à gauche à Old Topanga.

C'était rural, tranquille, et tous les Angelins qui parcouraient ces routes avaient envie de tout laisser tomber pour y vivre. L'air y était transparent. En réalité, sauf pour ceux qui pouvaient rassembler assez d'argent pour assurer ce style de vie, luxueux ou modeste, c'était tout bonnement trop loin de la fourmilière.

Au sommet d'une petite butte, nous vîmes une adresse sur une boîte aux lettres, nous nous rabattîmes et suivîmes une longue allée cochère.

— C'est qui, ces gens, déjà ?

— Les Hartford.

— Ah oui. Et c'est qui, le type ?

— Bleu Ciel.

Il y avait toutes les chances que Bleu Ciel soit un hippie.

Nous frappâmes à la porte, entendîmes des bruits de pas puis, devant nous, apparurent les Hartford.

Il était grand et maigre mais tordu – sa femme mesurait à peine un mètre cinquante. Elle inclina la tête et me décocha un clignement d'yeux agressif. On avait le sentiment que c'était elle qui portait la culotte. Sûrement un couple idéal.

— Vous êtes qui ? me demanda-t-elle.

— Je suis Dick Henry, et voici mon associé : Enrique Montalvo Rojas.

— C'est pour le bref repentir ?

— Possible.

J'ignorais la longueur de mon repentir, si même j'en avais jamais éprouvé, ou eu.

— C'est quoi ? demandai-je.

— Le bref repentir était la courte pénitence que pouvait faire le pécheur avant d'être absous, puis exécuté.

La condition humaine. Aux portes de la mort, on vous bouscule encore.

La femme conclut tout à coup que nous étions les bonnes personnes, nous invita à entrer, se présenta.

— Moi, c'est Sara. Et voici mon mari…

— Roland.

Nous traversâmes le salon style Far West et passâmes dans la véranda à l'arrière de la maison.

— Voilà le problème, reprit Sara.

Un coup d'œil suffit. J'avais appris, par le fils Hartford qui me payait, qu'il y avait un type sous une tente et qu'il refusait de partir. Ça semblait un jeu d'enfant.

Mais ce que j'avais devant moi, c'était un campement. Il y avait la tente de l'armée. Et au-dessus il y avait aussi un énorme parachute en soie orange fixé avec du fil de fer à la large ramure d'un chêne. Et sous cette généreuse circonférence de toile, je vis un appentis, un feu de camp, des bidons d'eau, un tas de cages à lapins, deux poulaillers, un fauteuil à dossier inclinable au skaï en lambeaux, cinq ou six épaves de bicyclettes, deux caddies, trois ou quatre chaises dépareillées, une table à trois pieds et un parpaing, plusieurs lampadaires filiformes, toute une collection de cuvettes de W-C et un jardin avec culture de marijuana.

— J'avais permis à Ciel de planter une tente. Provisoirement, enchaîna Sara en me regardant. (J'acquiesçai.) Et une chose en entraînant une autre…

Ce que nous devions régler, c'était un problème de zonage.

— Lui avez-vous demandé de vider les lieux ?

— Oui.

— Mais… ?

— Mais il m'a répondu qu'il n'était pas prêt.

Et il le devenait de moins en moins de jour en jour.

Elle me montra la marijuana.

— Regardez. Il fait comme faisaient les Indiens.

Rojas se tourna vers moi, puis vers Sara.

— Comme les Indiens faisaient quoi, m'dame ?

— Il fume son maïs du matin au soir. Les Indiens appelaient ça du maïs.

Tel était le tableau.

Les Hartford se retirèrent. Rojas hocha la tête, me regarda d'un air accusateur.

— C'est que je ne suis pas bricoleur, tu vois ?

Je pensais la même chose. Puis j'eus une idée. Je frappai à la porte de derrière.

— Madame Hartford, vous auriez de la corde ?

— De la corde ? Mais oui, bien sûr ! lança Roland par-dessus l'épaule de sa femme d'une voix flûtée avant de la regarder d'un air triomphant.

En fait, Roland possédait une des plus grosses bobines de corde du monde encore en captivité. Sa circonférence dominait l'établi. De l'épais, du solide, qualité sapin de Noël.

Une dernière question.

— Est-ce que je pourrais faire entrer ma Cadillac dans votre jardin ?

— Ciel n'apprécierait pas, répondit Sara en gloussant. C'est un véhicule écologique ?

Non, pas vraiment.

— Allez-y, dit Roland.

Un véhicule écologique ? Autrement dit, Ciel n'aurait pas le coup de foudre pour le puissant V8 de 7,7 litres, soit le plus gros cube jamais sorti des usines de Motor City[1].

J'expliquai mon plan à Rojas. Il rit. Nous récupérâmes notre corde et nous mîmes au boulot.

Au bout d'un moment, il me lança un coup d'œil.

— Je t'ai pas dit, mec. Gloria et moi, heu… c'est terminé.

Gloria, c'était sa femme. Je l'aimais bien. Et Rojas aussi. Et j'aimais bien les voir ensemble.

— Terminé ? Pourquoi ?

— J'sais pas. Je la regardais, l'autre soir, elle préparait à bouffer dans la cuisine, et je me suis dit : je ne la connais pas, cette femme. Je ne la con-nais-pas. C'est une parfaite inconnue. C'était profond. Ça faisait peur.

— On ne connaît jamais personne.

— Tu penses pas qu'on devrait ?

— J'en suis pas sûr. Je suis pas certain que ça aide.

— Ben, et toi et ton hôtesse de l'air ? Tu m'as dit que tu la kiffais grave.

— Je t'ai dit ça ?

— Tu m'as dit ça.

— Je ne la connais pas du tout.

— T'es baisé.

Baisé, je l'étais. Je n'arrivais pas à me sortir ma situation de la tête. Le nouvel équilibre, s'il devait y en avoir un, n'était pas pour demain. Le sol s'était dérobé sous mes pieds.

Un vieux souvenir, du temps où j'étais dans la marine, reprit vie peu à peu. Une ou deux fois par an, quel que soit l'endroit où j'étais basé, je revenais faire un tour à L.A. Mon bon pote Joe, pour fêter ça, m'invitait toujours au Mulholland Club. C'était un grand snobatorium pour Blancs qui, dans les hauteurs de Mulholland Drive, surplombait les lumières de la vallée. Joe confiait sa voiture aux voituriers, et on faisait une entrée grandiose, flirtait avec le personnel, nageait, profitait

1. « La ville du moteur » : surnom de Détroit.

du sauna, de la salle de musculation, dînait au restaurant, s'éclatait.

Ma dernière année d'armée, j'avais posé une question à Joe pendant qu'on enfilait nos maillots de bain.

— Joe, lui avais-je dit, on vient ici depuis longtemps. Comment se fait-il que tu poses toujours tes chaussures et toutes tes affaires au-dessus du casier… et pas dedans ?

— Oh, c'est simple, m'avait-il répondu en retirant une chaussette. Je ne suis pas membre.

À cet instant, j'étais passé de prince à resquilleur, avais connu mes dernières heures au Mulholland Club à raser les murs et à sourire au personnel. Joe, lui, s'était éclaté comme jamais – et comme toujours. Hé, Joe, tu me manques.

***

Rojas se redressa et, les mains sur ses lombaires, évalua le travail.

— On a fini, là.

Nous regagnâmes la maison, les Hartford nous servirent de la citronnade.

— Vous aurez besoin des services d'un déménageur, dis-je. Vous en connaissez un ?

— Bill, dans Fernwood Avenue, me répondit Sara.

Une ombre passa sur la vitre.

— Je crois que c'est Ciel, dit Roland d'une petite voix.

Je me levai.

— Nous allons avoir une petite conversation avec lui.

Dans le jardin, un colosse barbu et bedonnant d'une cinquantaine d'années aux cheveux très longs et coiffé d'un bandana avait repéré la Caddy et regardait autour de lui. Il ressemblait beaucoup à Barbe-Noire, le pirate. Il devait peser dans les cent vingt kilos. Il fit volte-face, le front à l'orage.

— Yo. C'est quoi, ce bordel ?

Je me tournai vers Rojas.

— Je crois que c'est Bleu Ciel.

— Sans blague.

— Prépare-toi à prendre le volant à mon signal.

Rojas sembla déçu.

— Comment ça se fait que c'est toujours toi qui te paies le plus marrant ?

— Bon, d'accord.

Je sortis une pièce de ma poche, la retournai.

— Je t'écoute.

— Face.

Pile.

Rojas partit vers la Cadillac.

Je ressentis le classique plaisir de l'anticipation en voyant Bleu Ciel se rapprocher. Il n'avait pas vu la corde ni deviné son usage.

— Seriez-vous monsieur Bleu ? m'enquis-je, aimable.

L'amabilité, c'est ma case départ.

Barbe-Noire ignora ma démonstration de savoir-vivre.

— Ce tas de merde, c'est ta bagnole ?

On ne frappe pas quelqu'un pour insultes à véhicule. Mais sa grossièreté m'incita à évaluer son aura. Elle était rougeâtre et sombre, à tendance violente. Je me demandai si les Parques allaient me charger de lui ajuster tout de suite sa trajectoire céleste.

— Je m'appelle Dick, dis-je. Je suis ici pour aider.

— Aider ?

— Mme Hartford me dit que vous fumez trop de maïs. Alors, vous allez devoir déménager.

À l'autre bout du jardin, Rojas démarra la Cadillac.

Ciel plissa les paupières.

— Je vais nulle part, mon gars. Qui c'est qui dit que je vais déménager ?

— Moi.

J'évaluai son menton.

— Chiche ! dit-il.

— D'accord.

Je fis signe à Rojas.

Rojas appuya sur le champignon, la Caddy avança, tendant l'épaisse corde. Ce fut un des charriots qui réagit en premier. Il bondit en l'air. Une seconde plus tard, et dans son intégralité, le campement fut arraché de ses ancrages. Tente, parachute, clapiers, poulaillers, bicyclettes, chaises, charriots, pakalolo et fauteuil inclinable, tout… tout fut traîné dans l'herbe haute et jusqu'au bout de l'allée.

Quinze secondes plus tard, il ne restait plus qu'un gros nuage de poussière.

Ciel regarda, bouche bée, l'endroit où, il y avait peu, la ciudad du ganja s'était métastasée. Il se tourna vers moi, les yeux exorbités de rage. Je reculai, prêt à lancer le missile karmique.

Et là, Barbe-Noire fondit en larmes.

Je le frappai quand même. Coup de poing droit pile au menton. Au tapis, le Bleu Ciel.

Nous le hissâmes sur la banquette arrière, le conduisîmes en bas du canyon et nous arrêtâmes en face du Fernwood Market.

La chochotte sanglotait toujours. Je me tournai vers lui.

— Arrête tes larmes à la con, mon pote, ou M. Rojas va te flanquer la dérouillée de ta vie.

— D'ac… d'accord.

Maintenant que nous l'avions exproprié, le moment était venu de proférer menaces et intimidations antiretour.

— Tu sais qui est Johnny Santo ? commençai-je.

— Ou-ouais, répondit Ciel.

— Ah bon ?

J'avais inventé ce nom de toutes pièces.

— C'est le pizzaïolo de chez Andre.

— Pas ce Johnny Santo-là, trouduc. Celui qui fait partie de la famille Bonanno. Ils possèdent tout Los Angeles. Sara Hartford est sa tante par alliance. Et il nous a dit de te faire griller les burnes.

— Formule du jour ou à la carte, précisa Rojas.

— Si tu retournes là-haut, Ciel, ne serait-ce qu'une fois, Johnny Santo t'arrache la langue et te l'enfourne dans le cul à coups de fourchette. Bon et maintenant, barre-toi.

Bleu Ciel se cassa de la voiture. Une brise se leva et le poussa vers le Fernwood Market. Comme un sac en plastique, il allait finir où il n'avait pas sa place. Mais pas chez les Hartford, et ce n'était plus mon problème.

Puis, à mi-chemin de l'épicerie, il fit demi-tour, et revint.

— Hé, les gars, vous avez pas un joint ?

Mais va te faire foutre ! Le culot.

Rojas et moi repartîmes pour Hollywood. Je hochai la tête.

— Non mais, il manque pas d'air, ce trouduc !

— Carrément étrange, dit Rojas.

Ce qui me rappela la chanson du groupe Cream. Il alluma son joint, me regarda.

— Au moins, on sait où bosse Johnny Santo.

— Chez Andre.

Rojas ricana.

— Johnny Santo, dit-il.

— Ça sonnait plutôt bien. Dans le genre petit fumier.

Il tira une autre taffe.

— Pas tant que ça, faut croire.

Il souffla d'un air satisfait.

— Tu sais… (Il marqua une pause.) Gloria et moi, c'est pas vraiment terminé.

— Ah bon ?

— Nan, je crois pas, mec.

— Au fond, tu penses la connaître vraiment ?

— Non. Mais, bon Dieu, je connais personne. Même toi. Tu pourrais être n'importe qui. Qui c'est que t'es, bordel ? C'est vrai quoi, qui c'est que t'es, bordel ?

Qui c'est que j'étais ? Pour l'heure, j'étais un rien déçu.

— Je sais pas qui je suis, dis-je. Je me contente d'être là tous les jours.

— C'est naze, mec.

— Ben, et toi, qui t'es ?

— Enrique Montalvo Rojas.

Qu'est-ce que je vous disais ? Impossible de déprimer en compagnie de Rojas. C'était sûrement un prince maya. Je lui tendis une enveloppe contenant cinq billets de cent.

Il la glissa dans sa poche, hocha la tête, sourit.

— Merci, frère, dit-il.

CHAPITRE 13

MARIAGE ET TENTATION

Impossible de me sortir Lynette de la tête. Je m'étais bien fait avoir. Et aurais continué de me faire avoir. Et peut-être m'étais-je encore fait avoir. À commencer par la veille au soir.

Comme se faisait avoir Benjamin. À qui j'avais promis des résultats d'ici à deux ou trois semaines. Pourquoi diable Benjamin l'avait-il épousée ? Il n'était quand même pas idiot au point de croire qu'une fille comme Lynette, comme Judy, allait tomber amoureuse de lui, si ?

Sauf que bien sûr que si. La capacité de l'homme à se bercer d'illusions est phénoménale et grouille d'occasions. Il est, dès la naissance, équipé d'un miroir magique dont toute sa vie durant il s'efforce d'améliorer la réflectivité. Au finish, quand la nature l'exige, la mèche étirée sur le crâne et la moumoute en acrylique passent pour acceptables.

Heureusement, j'avais encore de beaux restes.

J'avais déjà été marié. Le mariage, c'est une drôle d'affaire. Il requiert toutes nos plus grandes qualités, et réactive souvent nos pires défauts. Personne n'irait à Fresno avec une voiture qui aurait cinquante pour cent de chances de tomber en rade dans le Grapevine et pourtant, au moment de franchir le col, c'est-à-dire au pied de l'autel, des millions de joueurs tentent leur chance et parient leur vie.

Mon propre mariage, cela faisait trois ans que je l'avais explosé. Georgette et moi étions restés mariés douze ans, et je n'étais réellement plus en mesure de dire ce que j'en pensais. L'amour, le devoir, l'habitude, les enfants, la fatigue – quel micmac ! J'en étais arrivé à me demander si j'étais encore capable de baiser – par opposition à l'activité plus pépère de faire l'amour. Non pas que faire l'amour soit désagréable en soi une fois qu'on a choisi la date, libéré son emploi du temps, préparé à dîner pour les gosses et remonté le « moteur de l'amour » à la manivelle. Sans s'endormir d'épuisement.

La tentation s'est présentée, et j'y ai succombé aussitôt.

Kiera Allen était la secrétaire d'Arnold Kugler. Kugler était un expert-comptable que j'avais libéré des griffes d'un maître chanteur.

Kiera était une très jolie brunette avec qui j'avais flirté des centaines de fois. Assise à son bureau, elle avait levé la tête et me souriait en mâchant son chewing-gum à coups de dents méthodiques et efficaces.

— M. Kruger vous demande de bien vouloir signer les deux. Il m'a demandé de l'excuser de ne pas être là.

Elle avait fait glisser les documents sur son bureau, dévissé le capuchon de son stylo plume en or, l'avait enfoncé lentement le long du cylindre et me l'avait tendu de manière très suggestive. J'avais aperçu une naissance de décolleté et senti des effluves de parfum.

— Merci, Kiera.

— De rien, monsieur Henry.

Elle avait des yeux d'un bleu de porcelaine.

Je venais d'avoir une discussion désagréable avec Georgette au sujet d'affaires dans le garage. Pourquoi en faire toute une histoire ? Personne de ma connaissance ne pouvait garer plus d'une voiture dans un double box. Les affaires prenaient le dessus. Les affaires, ça prend de la place. De plus, on venait de me payer une jolie somme pour un travail particulièrement futé. J'étais harcelé et sous-estimé.

Je signai les documents de Kugler en prenant mon temps et mes aises. Je me rappelai que l'espace occupé par les lettres *o, d, e, p, b*, et cetera, permettait de mesurer l'ego. Étoffé. Mon ego, ce jour-là, était étoffé.

Kiera leva ses yeux vers moi.
— Vous avez de grandes mains.
— Oui, c'est vrai, répondis-je, conscient d'être arrivé au bord du précipice.
Je la regardai dans les yeux.
Elle soutint mon regard.
J'avançai encore.
— Je peux aller droit au but ?
Kiera baissa les yeux avant de les relever vers moi.
— Que… heu… que voulez-vous dire ?
Je me penchai vers elle, plongeai dans la zone parfumée de son oreille, et lui chuchotai mes intentions. Elle ouvrit de grands yeux et avala son chewing-gum.

CHAPITRE 14

MINOU

N'allez pas imaginer que je sois un croqueur de minou à la carte. Indépendamment des propositions que j'avais faites à Kiera Allen. Mais parfois, c'étaient les moyens que justifiait la fin.

Je me souvenais du premier conseil que j'avais reçu en la matière. Il m'était venu d'un camarade de cinquième, Ted, un menteur éhonté et notoire. Non seulement il avait fait toutes les choses connues de l'homme, mais il les avait faites deux fois ou mieux que personne. Déjà volé une voiture ? J'ai volé une Ferrari. Celle d'un prince. Déjà accroché un ver à un hameçon ? Étouffé un anaconda ? Baisé une naine ? Moi, oui. Une fois à Bakersfield, une fois à Victorville.

C'est pendant un interclasse qu'il me confia le grand secret du broute-minou. Une fois en position, là en bas, tu dis Mississippi. Bien entendu, j'acquiesçai : tout le monde sait ça. En mon for intérieur, j'étais perplexe. Une fois là en bas, on disait Mississippi… à quoi ? Et pourquoi Mississippi ? Pourquoi pas Monongahela ?

Je ne soulevai plus ce lièvre pendant des années. Non que j'aurais été opposé à toute forme d'exagération ou de mensonge patent sur des sujets plus généraux, comme le communisme ou les techniques de combat ninja, mais là, j'éprouvais un trac tout naturel à discuter de ce qu'on pourrait me demander de décrire dans les détails. Le vagin était un organe mystérieux, un organe inversé, pourrait-on dire ; même son endroit exact restait indéfini. C'était comme les Moluques. C'était quelque part, là-bas en bas.

J'eus droit à mon second TD significatif en matière de minou pendant mes classes dans la marine, à San Diego. Le commandant de notre régiment, Kennington, avait décidé, au retour de la taverne du Cochon-Blanc, de réveiller ses recrues pour leur faire une conférence. Il était pété comme une huître, et animé d'une colère venimeuse envers toute l'humanité et son régiment de recrues en particulier.

La lumière s'était allumée dans la chambrée. Mais sans avoir été précédée du coup de clairon. Il se passait quelque chose. C'est alors que j'entendis Kennington.

— Debout, mes petits agneaux adipeux ! gueula-t-il à pleins poumons.

Branle-bas de combat : tout le monde se mit au garde-à-vous au pied de son lit en calbute et vacillant à l'orée de la conscience.

Kennington railla nos faiblesses, nos espoirs et nos rêves nauséabonds, nos caractères efféminés. Il existait un phénomène, pourtant, que nous ne devions pas craindre. La noyade. Nous ne devions pas craindre la noyade car Dieu, aussi sûr qu'Il avait créé de petites pommes vertes, avait décrété que la merde flotterait. Donc, nous ne risquions rien, à part être trempés.

Puis, naturellement, il embraya sur le minou.

— Hé, les têtes de nœuds, vous savez brouter du minou ?

En aspergeant de postillons les plus près d'entre nous.

Nous restâmes debout et gardâmes le silence.

Ce que Kennington ne pouvait tolérer.

— Vous m'avez entendu, mesdames ? (Le mépris suintait de chacune de ses syllabes.) Hé, les trouducs, je vous ai posé une question ! Dites-moi, les trouducs, vous savez comment brouter du minou ?

Certains des menteurs dans nos rangs hasardèrent que oui. Je restai coi. Même si j'avais sondé ce grand mystère, à savoir descendre là-bas, en bas, et laper assidûment. Quoique au petit bonheur la chance.

— Ce qu'il faut faire, continua de beugler Kennington, ce qu'il faut faire, c'est descendre là en bas et trouver le petit bonhomme dans le bateau. C'est lui qu'il faut trouver. Le petit bonhomme dans le bateau.

Et de dévisager ses recrues comme si son conseil allait de soi.

— Qui c'est qu'il faut trouver ? s'enquit-il sauvagement.

— Le, heu… le bonhomme dans le bateau, lui fut-il répondu d'une voix faible et incertaine.

— Qui c'est qu'il faut trouver ?

Il était devenu violet de fureur. Comment se faisait-il que ce soit lui, le brillant Kennington, qui doive enseigner à ces femmelettes molles du poignet ce qu'il savait de naissance ? Seigneur Dieu, il était expert ès utero.

— Qui c'est qu'il faut trouver ?

— Le petit bonhomme dans le bateau, répondîmes-nous tous en chœur.

— Qui ça ?

Maintenant, nous connaissions notre réplique.

— Le petit bonhomme dans le bateau !

Notre rugissement de certitude se répercuta aux quatre coins de la chambrée, de la caserne, de la base, de tout San Diego.

Dans le silence qui suivit, la recrue Crudeldorf leva timidement la main.

— Quoi, l'asticot ? gronda Kennington.

— Heu… il est où le petit bonhomme dans le bateau ? demanda Crudeldorf au nom de beaucoup d'entre nous.

Merde. Ça devait être le Mississippi.

CHAPITRE 15

FRANCIE DEVRA MOURIR

Le lendemain matin, à mon réveil, j'avais du pain sur la planche. Je partis pour le Farmers Market, au croisement de la 3e Rue et de Fairfax Avenue, bus un café vite fait au Bob's Donuts, m'assis sous un ficus et attendis ma nouvelle cliente.

Betty Fraiden, la cinquantaine, me sollicitait pour son père, Franklin Tillman. M. Tillman entretenait une correspondance avec une femme vivant aux Philippines. La relation avait pris une tournure pécuniaire. Mme Fraiden me montra une liasse de lettres.

— Vous pensez que c'est du vrai, monsieur Henry ?

Pendant que Mme Fraiden picorait des gombos dans le patio du fond, je parcourus cette prose qui s'échelonnait sur plus d'un an. Tel un morceau musical savamment composé, les lettres commençaient avec simplicité pour, peu à peu, grimper jusqu'au sublime d'une noble passion. Avec, comme thème secondaire : les ténèbres, le dénuement et la tragédie. À mi-parcours, M. Tillman avait proposé un soutien financier. Francie, tout en exprimant de fortes réserves, avait accepté.

Ces lettres étaient rédigées dans un mauvais anglais – volontairement mauvais, à mon avis –, mais qui ne dénotait ni ignorance ni étourderie. La graphie, elle, était uniforme et excellente, avec un soin attentif du détail. Cette dichotomie n'était pas impossible, mais elle déclencha un signal d'alarme.

— Avez-vous les enveloppes correspondantes ?

Il y avait des enveloppes, mais non affranchies et sans adresses. Seulement le nom : « M. Franklin » au centre de chacune d'elles et de la même main appliquée.

— D'où viennent ces lettres ?

— Papa est membre de la congrégation de Saint-Paul-de-Tarse. Elles arrivent dans le courrier bi-hebdomadaire posté par une congrégation sœur à Manille.

— Combien a-t-il perdu ?

— Quatorze mille dollars environ. Peut-être un peu plus.

— Saint-Paul. C'est au croisement de Gardner Avenue et d'Hollywood Boulevard ?

— Vous connaissez bien le quartier.

— Mon premier boulot. Je livrais le journal dans le coin.

— Le monde est petit.

— Du moment qu'on n'a pas à le peindre.

— Vous pensez que mon père se fait escroquer ?

— C'est probable. Comment l'avez-vous découvert ?

— Un jour, il m'a dit qu'il avait une très bonne nouvelle à m'annoncer. J'ai cru qu'il avait gagné au bingo. Là-dessus, il me dit qu'il va se marier. Les dents m'en sont presque tombées.

— Quel âge a votre père ?

— Soixante-dix-huit ans.

— Que pense-t-il de tout ça ?

— Il est amoureux, pour l'amour du ciel !

Un vieil imbécile. Il n'y a pire imbécile qu'un vieil imbécile. Mais qui pourrait lui en vouloir ? Quand M. Tillman se regardait dans la glace, qui plus que lui-même méritait d'être aimé ? Derrière ces yeux chassieux, ce genou rouillé, cette hanche douloureuse ou autre, il y avait Frankie, le gamin le plus rapide de quatrième. Frankie, le héros du base-ball qui avait arraché la victoire sur l'équipe de Saint-Ambroise. Frankie, qui avait survécu à la terrible rixe à Busan où il n'avait pas laissé tomber ses potes alors que les chances étaient de cinq contre un.

— Où va-t-il chercher ces lettres ?

— Au bureau de la paroisse.

— Tiens donc. Des mains de qui ?

Elle haussa les épaules.

— Je ne sais pas. La secrétaire ?

— Qui administre cette paroisse ?

— Le révérend Jenkins.

— Que savez-vous de lui ?

— Il est pasteur à Saint-Paul depuis vingt ans.

— Depuis combien de temps votre père compte-t-il parmi ses paroissiens ?

— Depuis son retour à la religion. Disons sept ou huit ans.

Je feuilletai la liasse.

— Pourquoi ne lui écrit-elle pas à son adresse ?

— Je l'ai demandé à Papa. Elle lui dit qu'étant célibataire, elle est plus à l'aise en lui écrivant par l'intermédiaire de la mission.

Ça sentait l'arnaque à plein nez. Parce que c'en était une, évidemment. Une espèce d'enfoiré abusait du cœur confiant d'un vieil homme. Mon poing me démangea comme jamais.

— Qu'en pensez-vous, monsieur Henry ?

— Je pense que quelqu'un est en train de plumer votre père.

— Que dois-je faire ?

— Tout dépend de ce qui est le plus important pour vous. (Je levai la main préventivement.) Soit dit sans vouloir vous offenser. Mais qu'est-ce qui est le plus important ? L'argent de papa ou son cœur ?

— Que voulez-vous dire, au juste ?

— Votre père a soixante-dix-huit ans. Quand votre mère est-elle décédée ?

— Comment savez-vous qu'elle l'est ?

— Je parie que du vivant de votre mère, votre père ne mettait jamais les pieds à l'église. J'ai raison ?

Betty acquiesça. Un silence étranglé s'ensuivit.

— Elle est morte… il y a dix ans.

Je lui tendis une serviette. Une fois encore il me fut rappelé que nous recevons tous des coups terribles, que nous sommes des blessés ambulants. Fractures, écrasements, perforations, abrasions, lacérations. Les cinq catégories de blessures.

Au bout d'un petit moment, Betty respira un grand coup et s'excusa.

— Alors, qu'est-ce que je fais, monsieur Henry ?

— L'argent, ce n'est que de l'argent. Du moment qu'on n'en manque pas. Vous seule êtes en mesure de savoir ce que cette somme représente pour votre père. D'un autre côté, à un moment de sa vie où il devait penser que l'amour était hors de portée, soudain il arrive.

— Il est là.

— Alors, c'est à vous de voir. Lui briser le cœur, lui détruire son orgueil, lui donner l'impression d'être un imbécile et peut-être que cet enfoiré se fera taper sur les doigts. Si nous avons de la chance. Peut-être qu'il plaidera coupable, écopera d'une amende et devra restituer l'intégralité de la somme. Cent dollars par mois pendant les dix prochaines années.

— Papa ne vivra pas aussi longtemps.

— Et chaque chèque qu'il recevra lui rappellera qu'il a été un bel imbécile.

De la même manière que Lynette me rappelait que j'en étais un.

— Et l'autre solution ? me demanda Betty en serrant les poings de rage. Ce salaud devrait mourir.

— C'est peut-être ce qu'il mérite. Mais ça, je fais pas, et vous non plus. Mais il devra réparer les dégâts.

— Comment savez-vous que c'est un homme ?

— Ce genre d'arnaque, généralement, n'est pas un crime de femme. Généralement pas.

— Comment réparera-t-il les dégâts ?

— Francie devra mourir.

CHAPITRE 16

JERRY SHUNK

À moins d'avoir une connaissance professionnelle des arts de la surveillance, on oublie que cela se pratique. Je décidai de demander à mes vacataires de Laurel Canyon de filer le train de Lynette pour voir ce qu'elle fabriquait. Quand elle n'était pas avec Dick Henry.

Je payais peu mes vacataires, juste assez pour leur permettre de faire le plein de marijuana et de carburant. Mais ils étaient jeunes, motivés et numériques. Quatre jours plus tard, j'avais un millier d'images à classer dans mon portable.

Lynette – qu'il m'était impossible d'appeler Judy – se levait tard et passait sa journée à claquer du fric. Quand elle se levait. Manger, faire du shopping, traîner avec des amis. Elle avait trois véhicules à sa disposition. Elle n'était pas hôtesse de l'air.

Naviguant dans la mémoire cache, je vis qu'il y avait un homme âgé qui ne cadrait pas dans la démographie amicale. Ils s'étaient rencontrés deux fois. Au bistro Bijou de Ventura Boulevard, et sur la promenade de Santa Monica à hauteur de la 3e Rue. En tout, j'avais une quarantaine de photos d'eux. Sous tous les angles. Jamais intimes. Dieu, elle était splendide. J'anesthésiai un soupçon de jalousie avec de la nicotine.

Il était grand, maigre, bien sapé. La soixantaine. Mais ses cheveux. Putain! Au moins n'était-ce pas la longue mèche recouvre-crâne. Ils étaient teints en bleu pastel, frisottés et permanentés pour tirer le plus de volume possible de leur rareté. Une brioche formait une brutale bosse au-dessus de sa ceinture.

Soudain, je le reconnus. Shunk. Jerry Shunk.

Shunk était un avocat en droit de la famille dont la clientèle presque exclusivement du quatrième âge trouvait toujours le moyen de mourir brutalement en lui laissant tout.

Un scénario se déroula dans mon esprit. Éternellement reconnaissant de baiser à loisir et à volonté tant que durerait son mariage, Artie mourrait brutalement et opportunément en laissant tout à Lynette. Et une partie de ce tout irait à Jerry Shunk. Qui, à l'évidence, se languissait d'amour pour elle. Vibrations qui, d'habitude, quand elles sont évidentes, repoussent la femme plus rapidement que des chaussures en similicuir. Pourtant, elle était là. Oui, l'attirance devait être juridique.

Non ?

CHAPITRE 17

CE QUI NOUS REND HUMAINS

Deux ou trois soirs plus tard, on frappa à ma porte.

Dans la froide lucidité des matins précédents, j'avais prévu de la plaquer, mais alors elle avait ri à sa manière bien à elle, et j'avais eu envie d'elle. Elle m'embrassa et l'émotion l'emporta sur l'intellect.

La partie de l'émotion qui l'emporte sur l'intellect vient du mécanisme de la sélection naturelle. Si nous descendions d'une longue lignée de rationalistes à sang froid, nous serions des rationalistes à sang froid. Mais il n'en est rien, et cette prédominance de l'émotionnel doit faire partie des raisons pour lesquelles notre espèce prospère. Que tous autant que nous sommes, du président des États-Unis et sa Monica au président solitaire du stand de hot-dog, nous placions le cœur au-dessus de l'esprit implique que, depuis les brumes de la préhistoire, ceux qui ont placé le cœur au-dessus de la raison réussissaient mieux que leurs concurrents bourrés de logique.

Ce qui signifie qu'on ne doit pas condamner totalement l'approche torpillage à tout-va ; en fait, statistiquement parlant, les conséquences de la décision émotionnelle sont plus positives que négatives. L'émotion serait-elle la sténo de l'intellect ?

En d'autres termes, si ça te semble bon, c'est sans doute que ça l'est. Cela me rappelle ce que David Lee Roth a dit de la musique le soir où j'ai rencontré Lynette au House of Blues. C'est quoi, la bonne musique, Dave ? Eh bien mais, si elle te semble bonne, c'est qu'elle l'est. Diamond Dave le tenait peut-être de Bach, car Bach avait dit la même chose. Et vous pensiez qu'ils n'avaient rien en commun. Oscar Wilde sur le meilleur moyen de surmonter la tentation ? Y succomber.

Donc, Lynette m'embrassa et, sans même nous en apercevoir, nous jouîmes de la cigarette postcoïtale et des grillons sous ma fenêtre.

— Tu sais, Dick, je crois que je suis en train de tomber amoureuse de toi.

À d'autres !

— Ouais ?

— Ouais.

***

C'est quoi, l'amour ? Avec mes petits bouts de chou, je le sais.

Qui papa aime-t-il ?

Moi !

Pourquoi papa vous aime-t-il ?

Parce que !

Parce que. La seule réponse satisfaisante à la question de l'amour. Fondée ni sur le mérite, ni sur la compétence. La simple admission de l'amabilité intrinsèque de l'être aimé.

Et l'amour romantique ? Je ne sais plus ce que c'est. Peut-être ne l'ai-je jamais su. Est-ce la sublime attention que confère la grâce, la timidité et l'ouverture de soi qui transmuent le pouvoir en ravissement ? La satisfaction parfaitement sphérique de souhaiter n'être nulle part ailleurs ? Le groove qui va de soi ? La conspiration à deux contre tout l'univers ?

Peut-être est-ce tout cela, peut-être n'est-ce rien de tout cela. Quoi qu'il en soit, à mesure que les jours suivaient leur cours après la Révélation, Lynette et moi l'eûmes en pleine mesure. Nous eûmes un rire nouveau, une nouvelle clarté d'esprit. La conscience de savoir que, malgré ce qui avait été dévoilé, nous avions toujours du plaisir, beaucoup de plaisir à être ensemble. Et, désormais, nous n'avions plus rien à cacher, pas vrai ?

Bien entendu, cela ne pouvait pas durer mais, isolément et d'un commun accord, nous laissâmes cette réalité-là passer au second plan. Nous ne posions plus de questions, nous vivions dans notre propre univers, dans notre propre espace-temps, renvoyant Artie Benjamin dans le lointain et le néant.

CHAPITRE 18

OJAI

Dans l'obscurité, je lui demandai si elle était déjà allée à Ojai et elle me répondit c'est où, ça, alors nous voilà partis.

Ojai se trouve à près de cent vingt kilomètres au nord de L.A., et il y a deux façons d'y aller, mais j'ai toujours préféré passer par-derrière. Par la I-5 puis, après Magic Mountain, continuer par la 126 pour traverser la Santa Clara River Valley. La vallée, luxuriante et vaste, est reposante et agréable pour l'œil ; le changement de décor par rapport au couloir de la I-5 est saisissant.

— Ouah.

J'acquiesçai. La Santa Clara River Valley était ce genre d'endroit-là. En regardant la crête des montagnes au sud, on aperçoit des chênes çà et là. Comme il serait agréable de s'asseoir à leur pied sous la brise.

— C'est des chênes, là-haut, hein ?

— Là, ce sont les Oakridge Mountains[1].

J'avais une connaissance approximative de la géographie de la région et, sur cette déclaration, en avais transmis la moitié.

— Je crois, ajoutai-je.

Elle sauta sur l'occasion.

— Tu crois ? Tu veux dire que ça pourrait être n'importe quelles autres vieilles montagnes ?

1. Les montagnes de la Crête-des-Chênes.

— Tu vois ces chênes là-haut ?
— Ce sont peut-être des saules.
— Ce sont des chênes. Ce sont les Oakridge Mountains.
— Si tu le dis.
— Enfin, je crois.

Nous rîmes et rîmes encore, et elle posa sa main sur ma cuisse. Et regarda au nord de la route, vers les orangeraies.

— Et ces montagnes-là, c'est quoi ?
— Ça, c'est facile. Ce sont les San Cayetanos.
— T'en es sûr ?
— Bien sûr. (Je ménageai un bref silence.) Je crois.

Et de rire de plus belle. Nous passâmes devant deux ou trois vendeurs de fruits. Je lui promis de nous y arrêter au retour. Ensuite, ce fut la ville de Fillmore. Nous nous garâmes du côté de la place, nous promenâmes au milieu des vieux trains, goûtâmes du vin dans une cave viticole au bord des voies ferrées.

— Qui vit ici ? demanda-t-elle.

Je l'ignorais, mais ça me semblait être la belle vie. Une vie paisible. Une vie très paisible.

Dix minutes plus tard, nous arrivions à Santa Paula et nous engagions sur la 150, la Ojai Road.

Ojai Road, une route à deux voies, laissait rapidement Santa Paula derrière elle pour s'enfoncer dans les montagnes. Là, elle devenait magique. Elle plongeait, filait, s'inclinait, se déhanchait. Puis elle grimpait, lentement mais sûrement, passant devant des maisons isolées, devant des ranchs, des haras et des écoles, pour finir par atteindre un plateau où le bétail paissait dans de vastes champs mordorés sous de vastes cieux.

— Ces vaches, dit Lynette en tendant le doigt.
— Qu'est-ce qu'elles ont ?
— Regarde-les.
— Je regarde.
— Elles semblent comblées.

Et de repartir à rire.

Elle tourna la tête vers moi.

— Je suis comblée, Dick.

— Moi aussi, chérie. (Je lui montrai les champs.) Tu veux qu'on s'arrête et qu'on se fasse… un peu dans le foin ?

Le L.A.isme de notre vie avait complètement disparu.

Puis la route vira à droite et, droit devant nous, immenses et majestueuses, des montagnes en strates apparurent au loin.

— Ce sont les Topatopa, expliquai-je.

Et, l'espace d'une seconde, comme la route se mettait soudain à descendre en serpentant, nous aperçûmes, tout en bas, une belle vallée.

— Voici la vallée Ojai.

Shangri-la. Le Monde Perdu.

Lentement nous descendîmes, et arrivâmes en ville.

Nous nous garâmes devant la galerie commerciale, entrâmes dans des boutiques et en sortîmes, achetâmes des babioles et nous tînmes par la main. Je n'avais jamais été aussi heureux depuis la quatrième. Nous mangeâmes de la pizza et bûmes du vin dans un bon petit restau appelé le Movino et, comme j'avais un peu sommeil, nous prîmes une chambre dans un motel. Un endroit sympa, plus loin sur la Ojai Road. Je n'avais pas l'intention d'y passer la nuit, mais le soleil se couchait, alors zut !

Nous fîmes l'amour au ralenti et nous assoupîmes jusqu'au soir. Puis nous trouvâmes un bistro avec un pianiste et décidâmes de dîner. Pendant notre deuxième tournée de Bloody Mary, elle me tapota sur le bras.

Je la regardai.

— Tu es carrément belle. Tu sais ça, hein ?

Elle acquiesça.

— Oui, je le sais.

J'écartai les mains.

— Juste pour que tu saches que moi aussi, je le sais, dis-je.

Elle montra les musiciens du doigt. Un contrebassiste et un guitariste avaient rejoint le pianiste.

— Comment sait-on s'ils jouent vraiment bien ou s'ils cherchent juste à frimer ? me demanda-t-elle. Tu sais, quand ils font un bœuf.

Une alarme se déclencha dans ma tête.

— Heu… ça dépend de ce qu'on appelle le « *tipping in*[1] ». C'est lorsque dans son improvisation le musicien utilise certaines notes qui disent l'accord sur lequel il brode.

— T'as l'air d'en connaître un rayon sur le jazz, Dick.

Inconsciemment et indépendamment de ma volonté, ma voix baissa jusqu'à une octave virile et, avant que je puisse m'en empêcher, je l'avais mise au parfum sur l'improvisation verticale et horizontale. Comme je le lui expliquai, c'était toute la différence entre le be-bop de Charlie Parker et le cool jazz de Miles Davis.

— Ouah, Dick ! T'en connais vraiment un rayon sur le jazz.

Je hochai la tête.

— Non. Je ne crois pas.

— Mais si ! (Elle descendit son deuxième Bloody Mary, et j'en fis autant.) C'est quoi, déjà, ce que tu disais qu'ils font, « *sitting in* » ?

— Non. Ça, c'est quand on t'invite à venir en souffler quelques-unes avec l'orchestre.

En souffler quelques-unes. Pourquoi parlais-je ainsi ?

— Toi, tu penses au *tipping in*. Ça, c'est glisser dans ton impro certaines notes qui sont les plus importantes des accords sur lesquels tu fais ton jam. Ce qui permet aux autres musiciens de savoir ce que tu fabriques.

Elle acquiesça.

— J'aimerais bien en entendre un peu. De ce *tipping in*. Quel serait le meilleur morceau pour ça ?

Pour l'amour du ciel !

Je me passai la main dans les cheveux. Je ne me souvenais que du même, encore et toujours.

— En fait, le plus connu, c'est *All the Things You Are*. On dit que si tu peux jammer sur ces changements d'accords, tu peux dire que t'es musicien de jazz.

— Génial !

Je la regardai.

— On n'a pas déjà parlé de tout ça ?

1. Donner un tuyau.

— Non, répondit-elle en buvant une gorgée de notre troisième tournée. Je ne pensais pas que tu en savais autant.

Nous vînmes peu à peu à bout du contenu de notre assiette Pupu[1], et le set prit fin.

— Dick, dit-elle. Demande à ces types de jouer ce morceau.

— Quel morceau ?

— Celui du *tipping in*.

— Non.

— Pourquoi ?

— Je veux pas le leur demander.

— Pourquoi ?

— Écoute. Je ne veux pas. Restons-en là.

Bien sûr, pour elle « non » n'est pas une réponse.

Quand une belle fille vous fait un compliment, on l'accepte avec grâce. Quand une fille sublimement belle se répand en compliments, on la croit. En un clin d'œil, elle avait mis les trois croyants dans sa poche.

— On peut vous jouer un air ? demanda le pianiste.

— Vous voulez bien ?

Bien sûr, répondirent le contrebassiste, le pianiste et le guitariste. Qu'aimeriez-vous entendre ?

Elle leva les yeux vers moi.

— Mon ami s'y connaît beaucoup en jazz, mais il est trop timide pour demander.

Le trio se porta à son aide. Il suffit de demander, mec. Fais pas ton timide. On peut même jouer en 5/4.

Seigneur !

— D'accord, très bien. Pouvez-vous jouer, heu… *All the Things You Are* ?

Leurs visages se fermèrent et je devinai la suite.

— C'est ce qu'on vient de jouer, mec, dit le guitariste qui faillit s'étouffer en recrachant des brins de tabac.

Lynette se tourna vers moi et me dévisagea. Puis elle piqua un fou rire de plus en plus haut dans les aigus. Ce fut contagieux. Je

1. Genre de tortilla à pâte épaisse.

démarrai et ne pus m'arrêter. Imité par le contrebassiste bientôt suivi par les deux autres. Le temps que nous puissions, enfin, nous calmer, les clients des trois tables devant nous s'étaient joints à notre hilarité, par osmose.

Au bout d'un certain temps, nous nous essuyâmes les yeux et regagnâmes nos places. Le dîner était servi. L'orchestre remit ça, non sans avoir préalablement annoncé avoir reçu une demande spéciale pour *All the Things You Are*. Ce qui provoqua de nouveau l'hilarité générale au point qu'ils furent incapables de jouer.

Mais finalement, ils purent. Jeu très nerveux, excellent. Il y eut pas mal de bons applaudissements. Lynette me regarda.

— Alors ?

— Alors, quoi ?

— C'était quoi, ce morceau ?

Je haussai les épaules.

— Je n'en sais rien.

Lynette repartit à rire sans pouvoir s'arrêter. Le maître d'hôtel vint s'enquérir s'il y avait un problème. Oui : le gaz hilarant.

— On peut juste emporter un doggy bag ?

Notre demande fut promptement satisfaite mais, avant de partir, nous nous avançâmes jusqu'à la scène et je tendis un billet de cent aux gars.

Ils hochèrent la tête. Pas nécessaire.

— Oh, que si, répliquai-je. Ç'a été une des plus belles soirées de ma vie.

Et je jure que cela ne se reproduira pas une troisième fois.

***

Une journée se mua en deux, puis en quatre. C'était le paradis. On mangeait quand on avait faim, on buvait quand on avait la gorge sèche, on faisait l'amour et c'était toujours nouveau, et on dormait, l'esprit en paix, comme des enfants. Mon téléphone ne sonnait pas parce que je l'avais coupé, vérifiant seulement mes messages. Rien d'important.

Le quatrième jour, nous nous étions réveillés tard. Nous sortîmes, lorgnâmes la piscine, mais la journée était trop belle. En fait, elle était parfaite. Chaleur, tranquillité, carillons éoliens quelque part, leur volume fluctuant sous la légère brise. Nous décidâmes d'aller faire un tour.

Nous nous baladâmes dans les rues derrière la galerie marchande. Un quartier résidentiel. Maisons plutôt grandes sur parcelles ad hoc. Après avoir tourné ici et là au hasard, nous arrivâmes devant une maison ouverte. Plutôt carrée, deux étages style Craftsman, vert olive et avec parements marron. Elle était pourvue d'une clôture de piquets du même marron, d'une allée rectiligne briquetée, de quelques grands arbres, jacarandas et camphriers, qui s'étalaient par-dessus une pelouse bien tondue.

— Bel endroit, dis-je.

— Entrons.

Nous ouvrîmes la porte moustiquaire et franchîmes le seuil. L'intérieur était frais et propre, avec un parquet blond brillant. Il n'y avait pas de meubles. Un large escalier quart tournant menait à l'étage. Nous entendîmes une chaise racler le sol dans la cuisine, puis une femme bien habillée et d'âge moyen vint à notre rencontre. Elle était toute en beige à l'exception de ses tennis blanches. Elle tendit la main.

— Miriam Walters. Soyez les bienvenus.

Nous nous présentâmes. Dick et Lynette.

Vous êtes désireux d'acheter un bien immobilier à Ojai ?

Bah, on découvrait la région, on se promenait et nous voilà.

— C'est comme ça que tout commence. Je vais vous faire visiter. Vous êtes mes premiers clients de la journée et je commençais à me sentir seule là-bas, au fond.

La maison avait cinq pièces, avec salle à manger, living, et petit recoin pouvant servir de bureau. La cuisine était spacieuse, avec îlot central à double évier et deux hottes Jenn-Air avec conduit brillant. Ça me donnait envie de cuisiner.

À l'étage se trouvait la chambre de maître avec cheminée, dressings, baignoire à jacuzzi. Puis deux autres chambres, blanches, aérées avec de grands ventilateurs de plafond noirs.

Puis Mme Walters donna le *coup de grâce*[1].

— Et ici, annonça-t-elle avec son sourire le plus radieux, c'est la nursery.

Nursery blanche, dont les murs et le plafond étaient une aimable émeute de peintures murales riches de détails. Des singes suspendus par la queue souriaient, des éléphants dansaient, des oiseaux s'envolaient, des dauphins sortaient de flots bleus en bondissant. Des bateaux voguaient sur des mers d'huile, des gondoliers gaiement vêtus jouaient de l'aviron à Venise et au-dessus tournoyaient les étoiles et les galaxies de la roue de l'infini.

— Ouah !

Difficile de ne pas être impressionné.

— N'est-ce pas merveilleux ? renchérit Mme Walters. Il ne nous manque plus que le bébé.

J'entendis Lynette réprimer un hoquet. Je me tournai vers elle. Elle s'était figée. Elle me regarda, presque avec violence, les yeux pleins de larmes.

— Lynette ?

Elle pivota sur ses talons, me passa juste devant, redescendit l'escalier et ressortit dans la rue.

— Oh, mon Dieu ! J'ai dit quelque chose qu'il ne fallait pas ? s'inquiéta Mme Walters. Je suis vraiment navrée.

Je courus en bas et dans la rue, je rattrapai Lynette. Je voulus lui prendre le bras, mais elle me repoussa.

Je refis une tentative.

— Lynette, quoi ? Qu'y a-t-il ?

Elle fit volte-face et me décocha un regard féroce, à vif.

— Tu ne vois donc pas que c'est terminé, Dick ? Tu ne vois donc pas que c'est fini ?

***

1. En français dans le texte original.

Ainsi prit fin notre séjour enchanteur à Ojai. Une heure plus tard, nous quittions notre paradis et repartions, en silence, par où nous étions venus. Sans nous arrêter au vendeur de fruits.

***

Le spectre d'Artie Benjamin se ranima dans les bouchons sur la I-5. Je sentais sa présence grise, pesante, menaçante. Nous retrouvâmes Laurel Canyon et nous couchâmes. Nous nous réveillâmes, fîmes vite de l'amour de rattrapage, et retombâmes.

Je me réveillai plus tard dans le noir. Trois heures du matin. Elle était éveillée, allongée sur le dos, en train de fumer, un point rouge se déplaçant dans l'obscurité. Je repensai à la maxime du sniper : dix centimètres au-dessus du point rouge. Viser dix centimètres au-dessus du point rouge. Ce qui, dans ce cas, ferait un trou dans la tête de lit.

— Salut, Dick.

Elle paraissait distante, fragile.

— Salut.

— Je suis désolée. Pour tout.

— Pas de problème.

Il faisait froid. Je lui demandai de fermer la fenêtre, elle le fit.

Je pensai aux étoiles sur le plafond de la nursery. À la toute petite étincelle de lumière qu'une conscience injecte dans les étendues inconcevables du temps et de l'espace. En tant qu'homme, je m'en rendais compte, je n'avais jamais songé, pas même un instant, à la vie dont j'étais porteur. À ce lien viscéral, littéral avec l'infini, à la proximité de Dieu. Dieu, elle-même. J'étais une feuille qui connaîtrait un printemps, elle faisait partie de l'arbre qui s'élèverait vers le paradis. Sauf qu'elle ne voulait pas, ne pouvait pas.

Pfff. Quoi qu'elle ressente en ce moment même, je n'y aurais jamais accès. Peut-être pouvais-je trouver quelque chose de plus terre à terre. Histoire de lui changer les idées.

— Alors, quels sont tes projets ?

— De quels projets parles-tu ?

— L'avenir. Que comptes-tu faire ?

Je ne sais pas à quoi je m'attendais.

Il y eut un silence. Puis elle soupira, très vite, roula sur elle-même, écrasa sa cigarette.

— En quoi mon avenir te regarde-t-il ? Tu veux te marier, c'est ça ?

Sa voix était désagréable.

— Simple question.

— Eh bien, ne me pose pas de questions. Je t'en pose, des questions ? (Elle se redressa, se leva.) Je n'ai pas d'avenir.

Elle enfila son jean.

Aurais-je fait usage de ma cervelle que je n'aurais pas insisté. On ne sort pas d'une dispute en se disputant. Surtout avec une femme. Mais qui a dit que j'avais de la cervelle ?

— C'est quoi qui te ronge le cul ? m'enquis-je avec astuce. Je croyais qu'on était de bonne humeur après l'orgasme.

— Je l'ai peut-être simulé.

— Oh, que non.

— Qu'en sais-tu ?

Bonne question, en fait. L'orgasme théâtralisé a une longue et riche histoire. Elle remonte au jardin d'Éden. Quand Adam ne lui lâchait pas la grappe le samedi soir. Juste avant le début de *I Love Lucy*.

Deux minutes plus tard, elle claquait la porte.

CHAPITRE 19

SUBTILITÉ ET PATIENCE

Le lendemain étant un lundi de cafard, je roulai vers le sud dans Vine Street en direction de mon ancienne adresse et des vestiges de mon ancienne vie. Juste en dessous de Melrose Avenue, dans les quartiers modestes à la lisière d'Hancock Park, je me garai devant un petit trois-pièces Craftsman dans South Arden Boulevard. Je sonnai à la porte et attendis.

Georgette avait dû deviner que c'était moi car elle prit tout son temps. Puis la lourde porte en chêne s'ouvrit devant moi, et elle fut là, de l'autre côté de la moustiquaire.

Georgette était une belle femme. Une Irlando-Allemande aux cheveux blond vénitien. Elle n'avait rien d'une allumette ; la dernière fois qu'elle avait pesé quarante-sept kilos remontait au primaire. Elle se dressait à un mètre soixante-douze, avait des jambes joliment galbées et une taille qu'ombrait un buste généreux de catcheuse de boue.

Elle ne parut pas particulièrement ravie de me voir, et fit l'impasse sur mon sourire avenant.

— Qu'est-ce que tu veux, Dick ?

— Entrer.

— Tu m'apportes de l'argent ?

— Oui.

Pension alimentaire pour elle et les enfants. Lundi de cafard.

— Entre.

Je la suivis dans le couloir. En cet instant, une part de moi-même regretta profondément l'estime en laquelle on m'avait tenu. Nous aurions pu aller jusqu'au bout, mais j'étais quand même Dick Henry, et le petit homme ne projette une ombre longue qu'au coucher du soleil, et je voulais ce que je voulais quand je le voulais.

Georgette me servit un café et je pris place à la table de cuisine que j'avais achetée il y avait si longtemps. Du chêne.

J'avais toujours aimé son café. Il était robuste, comme ses seins. Je reposai mon mug.

— Alors, comment tu vas ?

— Je vais bien, Dick.

Sans intonations et de pure forme.

— Et comment vont mes petits ?

— Ils vont bien, eux aussi.

Silence qui attend que je passe à autre chose.

Je lui fis un grand sourire.

— J'en ai presque oublié pourquoi je suis là.

— L'argent.

— L'argent, c'est exact.

Je sortis mon chéquier, rédigeai deux chèques, les signai, grand seigneur, et les lui tendis.

— Tiens.

Elle les prit, les examina, les coinça sous la salière.

— Pourquoi ne les envoies-tu pas par la poste comme le font les autres hommes ?

Je fis appel à tout mon charme.

— C'est évident, ma chérie, c'est parce que je ne suis pas un homme comme les autres.

— C'est ce que je me tue à expliquer à tes enfants.

— Ils auront toute la vie pour m'apprécier. (Je lui décochai un autre sourire ensoleillé.) En vérité, j'aime bien te voir une fois de temps en temps.

Elle se rembrunit, exaspérée.

— De quoi parles-tu ?

— Tu m'as posé une question, ma chérie.

— Je ne suis pas ta « chérie », Dick. Quelle question t'ai-je posée ?

— Pourquoi je ne les envoie pas par la poste comme les autres hommes.

— Et alors ?

— Parce que j'aime bien te voir de temps en temps. C'est pour ça que je n'envoie pas le chèque par courrier.

Une légère rougeur colora ses joues. Ce ne fut pas pour me déplaire.

Je posai un sac en papier sur la table, en sortis une pile de livres.

— Ils sont pour Randy. La première moitié du *Cycle de Mars* d'Edgar Rice Burroughs. Les meilleurs romans que j'aie lus.

Georgette prit *Le Seigneur de la Guerre de Mars*. Sur la couverture, un homme solidement bâti, seulement vêtu du fourreau de son épée, défendait une femme sculpturale à la peau cuivrée contre un grand singe blanc à quatre bras.

— Randy n'a que onze ans, dit-elle.

— C'est pour ça que je les lui apporte.

Elle soupira – mais fit glisser les livres de son côté de la table.

Je l'observai. Elle évaluait l'homme au fourreau d'épée.

— Ça te dirait qu'on aille au Galley se manger un homard un de ces soirs ?

Il lui fallut quelques secondes pour se rappeler qu'elle ne pouvait plus me sacquer.

— Mais non ! Tu es fou, Dick ?

***

Plus tard, en roulant dans Vine Street, je sentis un optimisme à tous crins couler dans mon squelette. Georgette m'aimait toujours. Je le voyais dans tout ce qu'elle faisait. Sa façon de bouger, son attitude, son discours.

Parce qu'il n'existe qu'un Dick Henry en ce monde et c'est moi, baby. Georgette me reviendrait. Un jour ou l'autre. Si j'étais extrêmement subtil et patient. Et je suis extrêmement subtil et patient.

À l'intersection de Vine Street et de Santa Monica Boulevard, je grillai le feu qui venait de passer au rouge et braquai à gauche toute sous un concert de klaxons tous azimuts. Z'avez pas mieux à faire ?

CHAPITRE 20

UNE PHOTOGRAPHIE

J'avais un peu réfléchi aux lettres envoyées à Franklin Tillman. La source du mal devait se trouver à Saint-Paul-de-Tarse.

Comment engage-t-on la conversation avec une personne qui n'existe pas ? Eh bien, on doit d'abord être convaincu que cette personne existe. Ce qui implique une longue histoire ou une photo. Qui dit longue histoire dit préméditation et ciblage judicieux de la victime.

Ce qui était peu probable. Non, ç'avait commencé avec une photo.

Une photo officielle du personnel de la mission. Sur cette photo, pure coïncidence, se trouvait un visage amical, celui d'une jolie femme entre la quarantaine et la soixantaine. Souriante et agitant la main, comme tous les autres.

Tillman devait avoir vu cette photographie. Il était probable que tout le monde, à Saint-Paul, l'avait vue. Mais Tillman avait fait une remarque à quelqu'un. Quelqu'un qui avait cette photo entre les mains. Quelqu'un qui avait dit : Oui, elle est très jolie.

Elle a l'air si gentille, avait renchéri Tillman.

Et cette réflexion, en tombant dans l'oreille de la bonne personne, avait fait germer l'occasion. Alors, le vieux veuf avait reçu des encouragements.

Pourquoi ne lui écririez-vous pas, Franklin ? Elle s'appelle… Francie.

Non. Je ne pourrais pas.

Pourquoi ?

Je pourrais ?

Bien sûr que oui.

Elle ne trouverait pas ça déplacé ?

Pourquoi le penserait-elle ? Vous aimez le Seigneur tous les deux.

Vous êtes sûr que ce ne serait pas déplacé ?

Nous l'enverrons dans le colis hebdomadaire de la mission.

Vous pourriez faire ça ?

Mais bien sûr que oui.

Dans ce cas, peut-être que je lui écrirai une lettre.

C'est vous qui voyez.

Dans ce cas, je vais le faire.

Foncez, Franklin.

Je vais le faire. Je pense que c'est exactement ce que je vais faire.

CHAPITRE 21

TARTE À LA CITROUILLE

Ce qui enfonça le dernier, le tout dernier clou dans notre cercueil, à Georgette et moi, fut la tarte à la citrouille de Kiera Allen.

Portée par le mirage de l'intelligence et de la bonté de Kiera, qualités que je lui prêtais, notre liaison prit un élan bizarre bien à lui. À ma grande surprise, la baise n'était pas géniale même si nous jurions et poussions des cris. Sa passion paraissait théâtrale. Son appartement était rempli de miroirs et elle semblait se regarder en spectatrice d'elle-même.

Nous faisions de longues expéditions nulle part, dans des galeries marchandes discount à Camarillo, Barstow et Colton. Même là, dans ces déserts brûlés de soleil loin de toute civilisation, à chaque coin de rue, je m'attendais à croiser ma belle-mère.

À Barstow, au Salon 212, où des rats du désert bien tannés pouvaient, à des prix du désert, s'acheter des vêtements chics censément de lignée new-yorkaise, Kiera finit par trouver son bonheur.

— Dick, qu'est-ce que t'en penses ?

Je me retournai pour avoir sous les yeux un long manteau rouge orangé en peau de zèbre. Si la bête avait jamais existé, elle avait dû brouter tout le Serengeti sans qu'on l'embête.

Ce soir-là, dans son appartement plein d'animaux empaillés et autres jolis machins, elle me regarda dans les yeux d'un air attendri. Soudain, mon plus fervent espoir fut qu'une déclaration d'amour ne soit pas au programme.

— J'ai besoin de toi, Dick, murmura-t-elle tandis que la sueur séchait sur notre peau.

Eh merde. Ça venait.

— D'accord.

— Oh, oui, reprit-elle solennellement. Ou de quelqu'un exactement comme toi.

D'un côté, je fus assez bête pour me sentir insulté. Mais au bout du compte, cela n'avait aucune importance. Kiera Allen, *femme fatale*[1], était repassée en mode femme banale. J'entendis sa voix se répercuter sur le carrelage rose de la salle de bains.

— Dick ? Dick ?

— Quoi ?

— Dick ?

— Mais quoi ?

— Dick, je crois que j'ai chopé une mycose.

Bonté divine !

***

La fin arriva le jour de Thanksgiving. Pour des raisons évidentes, j'avais dit à Kiera de ne pas m'attendre, et surtout de ne pas me téléphoner. Était-il nécessaire d'en dire plus ? Malgré tout, je reçus un appel d'urgence sur mon portable professionnel.

Je reviens dans une heure, dis-je à Georgette. L'odeur de la dinde flottait dans l'air, et même Estelle, ma belle-mère, avait déjà sifflé un premier verre de chardonnay.

Kiera vint m'ouvrir en tenue de soubrette française, avec bas résilles et tablier en dentelle. Avant que j'aie le temps de protester, sa langue me plongeait dans la gorge. Elle plaqua mes mains sur ses fesses, glissa la sienne dans mon pantalon et parvint à ses fins.

— Je croyais que c'était une urgence.

— J'avais besoin de te sentir dans ma bouche, dit-elle.

1. En français dans le texte original.

Tout un repas de Thanksgiving avait été servi. Dinde, jambon glacé, farce, patates douces aux marshmallows fondus, sauce aux canneberges, purée, maïs au beurre, asperges, vins rouge et blanc. Et une tarte à la citrouille.

La dinde était particulièrement fade.

— C'est une dinde label bio, minauda Kiera avec un large sourire.

Une dinde label bio. Super. On l'avait probablement bassinée à en mourir au lieu de se contenter de lui couper le cou.

— Rends-toi compte, reprit Kiera, notre premier Thanksgiving.

C'est alors que je vis la pendule. Allez savoir comment, manger à peine une bouchée m'avait pris une heure et dix minutes.

Et me voilà fonçant dans la rue avec une assiette garnie recouverte de film étirable. Où trouver un psychiatre ou un mathématicien SDF quand on en a besoin ? Je jetai l'assiette dans une poubelle à l'arrêt de bus. Elle y atterrit avec un bruit mou.

J'arrivai chez moi deux heures et dix-sept minutes après en être parti.

— Où étais-tu ? me demanda Georgette en levant les yeux du festin en cours.

Elle avait l'air pincé qui enrobe les conseils qu'on n'a pas demandés. Bay, la sœur de Georgette, et Trout[1], son mari, me regardèrent d'un air interrogateur. Bon, d'accord, il s'appelait Trent. Mais tous les gamins se réjouirent de voir l'oncle Dick.

— Désolé. Les affaires, dis-je en mentant avec enthousiasme. Je vais me composer une assiette.

J'essayai de manger, mais étais déjà repu. Je picorai, et grignotai, mais ça n'en finissait pas. Je déboutonnai ma ceinture de pantalon et pensai aux prédateurs affamés du Serengeti.

— Tu n'as pas faim, Dick ? demanda Georgette.

— Mon, heu… l'estomac n'y est pas, on dirait.

Je le frottai. Il était dur comme un ballon de basket. Je fis descendre de force une autre carotte dans ma gorge et m'enfilai une petite pointe d'asperge dans le gosier.

1. *Trout* désigne un homme mûr cherchant une femme plus jeune que lui.

Là-dessus, on sonna à la porte.

Air intrigué à la ronde.

— Qui ça peut bien être maintenant ? demanda Estelle d'un ton désagréable.

De toute évidence, elle avait oublié le sac Prada que je lui avais offert pour son cent soixante-dix-neuvième anniversaire. Quoique provenant de Santa Alley, le paradis de la contrefaçon de Downtown L.A.

Georgette se leva pour aller ouvrir et voir de quoi il retournait.

Estelle regarda mon assiette.

— Pourquoi n'as-tu pas faim ?

Je haussai les épaules.

Georgette revint. Décomposée. Plusieurs degrés en dessous de zéro.

— Qui est-ce, Georgie ? demanda Estelle.

Georgette se tourna vers moi. Exactement comme dans un film, il y eut un silence éloquent.

— Que se passe-t-il ? demandai-je en ayant soudain l'intuition d'un désastre.

— Tu as de la visite.

— De la visite ? s'étonna Estelle. Quel genre de visite ?

Je repoussai ma chaise, me levai, allai à la porte, l'ouvris.

De l'autre côté de la moustiquaire, il y avait une femme en manteau orange en peau de zèbre. Kiera était complètement soûle. Elle me tendit une autre assiette recouverte de film étirable. Une part écrasée de tarte à la citrouille.

— Di-ick, dit-elle.

— C'est quoi, ce bordel ?

— Di-ick. T'as oublié ta tarte à la citrouille.

CHAPITRE 22

UN APRÈS-MIDI À L'ÉCOLE SUPÉRIEURE DE LA FELLATION

Les locaux des Benjamin Entreprises étaient situés à Beverly Hills, dans Beverly Drive, avant Wilshire Boulevard, dans un immeuble de style colonial. Le parking multiniveaux gratuit étant complet, je dus me rabattre sur une rue adjacente.

Je trouvai une place non loin de l'angle. Enfin… deux, sauf qu'une import coréenne gris métallisé les occupait toutes les deux. Ce qui n'était pas un problème pour qui possédait une Cadillac Coupé DeVille 1969 décapotable. Je m'arrêtai devant ce petit bijou de l'industrie automobile de Busan, reculai très lentement jusqu'à l'embrasser du bout du pare-chocs, puis, avec mes 7,7 litres de puissance brute de Détroit sous le capot, je la fis reculer et me créai ma place de parking. Il faut savoir se servir d'une Cadillac.

Les bureaux de Benjamin baignaient dans la fraîcheur et la sobriété. Je fus accueilli par une secrétaire.

— M. Benjamin connaît-il la raison de votre visite ?

— Oui, répondis-je sans satisfaire sa curiosité.

Au mur, je vis une affiche de service du petit bras. Puis, partiellement cachée par une plante en pot, une autre plus grande, de *Buffalo Bill à Hollywood*.

Soudain, dans le silence, j'entendis une voix s'élever, remplie de colère. C'était Benjamin.

— Écoute-moi, enfoiré, tu dis à ce connard de fils de pute de redresser la barre et de filer droit. Faut pas vouloir baiser Artie

Benjamin et espérer s'éloigner tranquillos dans le soleil couchant, pigé ? Et maintenant, tu me rappelles quand c'est fait.

J'entendis le combiné retomber violemment sur son socle et, pour la énième fois, me demandai à quel petit jeu jouait Benjamin. Que savait-il vraiment ? Pour quelle raison, au juste, étais-je là ? Je ne le savais pas et ne pouvais pas le savoir. J'allais devoir y aller au bluff.

Le Philippin de Benjamin fit son apparition. Il ne m'appréciait toujours pas. Peut-être n'appréciait-il personne. J'allais devoir demander à Lynette.

— Monsieur B. va vous recevoir.

Je le suivis. Il prit sa place, se plantant à la gauche de Benjamin.

Qui trônait derrière un autre immense bureau. Il me regarda, se marra.

— Je viens d'avoir une idée géniale. Une idée carrément géniale… pour l'école.

— L'école ?

Il pointa le doigt sur moi, sourit.

— Vous voyez ? C'est exactement ça. Quand je dis « école », les gens pensent : Putain, qu'est-ce qu'il y connaît, Artie Benjamin, à l'école ? Qu'est-ce qu'il en a à faire, de l'école ?

J'acquiesçai, par politesse. D'après moi, tout le monde se foutait de ce qu'Artie Benjamin pensait de quoi ou qu'est-ce.

— Pour les personnes averties, ce n'est pas exactement aux bourses d'études que votre nom est associé, dis-je prudemment.

Puis je filai droit à la conclusion.

— À moins qu'on ne pense « écolières ».

En petite jupe plissée. Et chaussettes montantes blanches. Et petite culotte assortie.

Benjamin tapa du plat de la main sur son bureau.

— C'est ça ! C'est ça ! Que dites-vous de ça ?

Il leva les bras et écarta les mains pour créer un fronton imaginaire.

— Artie Benjamin présente… L'École supérieure de la fellation ! Pigé ? L'École supérieure de la fellation.

— Pour les diplomates italiens ? répliquai-je.

Benjamin s'esclaffa.

— Peut-être que vous devriez vraiment devenir producteur associé. Qu'en pensez-vous ?

— Les producteurs, c'est pour le fric. Et je n'en ai pas.

On m'avait invité une fois à venir sur un tournage porno. Et j'avais accepté, vous savez bien, juste pour voir. Ça se passait dans une maison ordinaire de Beverly Glen. Il y avait une équipe technique restreinte. Un buffet avait été dressé dans la cuisine. Les stars allaient et venaient, nues, très à l'aise. Piquant une tranche de pepperoni par-ci, une boulette de fromage par-là.

L'action était du sexe à froid et à la demande. Tout orifice accessible, à l'exception des narines et du canal auditif, était pénétré et martelé sans relâche, l'œil de la caméra à dix centimètres des organes concernés. Les femmes simulaient des orgasmes perpétuels et en redemandaient. Les hommes, qui avaient des limites, signalaient au chef opérateur l'imminence du grand moment. Alors, ils se retiraient et éjaculaient selon les directions d'acteur qu'on leur donnait. Sur le visage, sur les seins, sur le ventre, sur les fesses. Mais, le plus souvent, sur le visage, où la couleur de l'humiliation le disputait au rajeunissement de l'épiderme.

Moi qui m'en faisais pour ma propre excitation et le moyen de feindre l'indifférence, je m'étais inquiété pour rien. Sans les fictions passagères et salutaires qui avaient habillé jusqu'à mes coucheries avec de parfaites inconnues, ce sexe-là n'avait rien de sexuel et me laissa froid.

Mais mon après-midi à Beverly Glen eut une conséquence inattendue. Mes fantasmes disparurent. Si jusqu'alors, je me lançais dans d'aimables conjectures sur toutes les femmes qui m'attiraient, je regardais désormais les formes féminines sans espoir ni curiosité. De jours en semaines, je commençais à m'inquiéter d'avoir été abîmé.

De la jeune de seize ans à la Diane Keaton sexagénaire bien conservée, toutes pouvaient me faire démarrer. L'ondoiement de la démarche, l'impertinence d'un rire, le divin rebond d'une poitrine naturelle. Vingt secondes plus tard, j'en croisais une autre, et c'était reparti.

Puis un jour, alors que je n'espérais plus, ça revint. Une serveuse se pencha pour remplir ma tasse de café et je vis une sombre tache de rousseur, et ma voix intérieure me souffla : « Regarde-moi ça. » Je lui laissai un généreux pourboire.

***

Benjamin pencha la tête, me scruta. Je passai en mode bluff.

— Alors, monsieur Henry. Que pouvez-vous me dire ?

Je sentis mon cœur battre à mes tempes.

— Malheureusement, monsieur Benjamin, vos soupçons étaient fondés. Votre femme voyait quelqu'un.

Il fallait bien que je dise qu'elle voyait quelqu'un – au fond de lui, il le savait déjà.

— Voit ou voyait ?

— Voyait.

Il resta un moment sans rien dire. Puis un mot.

— D'accord.

Il ouvrit un tiroir de son bureau, en sortit un Sig Sauer P250, le posa devant lui.

Je ne bougeai pas d'un iota. Mon cœur lui aussi avait cessé de battre.

Puis il remit la main dans le tiroir de son bureau. Cette fois, il en sortit une enveloppe. Je sentais le regard du Philippin fixé sur moi. Benjamin fit glisser l'enveloppe dans ma direction.

— Vous m'aviez bien dit sept mille ?

— C'est bien ce que je vous avais dit.

Il acquiesça.

Je me levai, pris l'enveloppe.

— Merci d'avoir fait appel à mes services, monsieur Benjamin.

Son regard me survola. Il y eut l'ombre d'un signe de tête.

Je partis.

***

Je remontai dans la Caddy, roulai jusqu'au bout de la rue, fis demi-tour et repartis pour Hollywood. En passant devant la place où je m'étais garé, je vis une femme qui regardait sa Daewoo, interloquée. Avait-on déplacé sa voiture ?

Je pouffai de rire. De joie, de soulagement. J'avais sept mille dollars en poche. Je me sentais sublimement vivant.

Faut pas faire chier Motor City, Dame Daewoo. Ça, non.

CHAPITRE 23

L'HISTOIRE D'ARNULDO

Arnuldo Guinaldo était parti très loin de Tondo, le quartier le plus pauvre, le plus miséreux, le plus dangereux, le plus désespéré de Manille. Y vivent un demi-million d'êtres endurcis, trempés aux conflits, baignant dans le malheur. Il n'avait jamais connu son père. D'ailleurs, sa mère ne s'en souvenait pas. Fort probablement un aviateur américain cantonné à la base aérienne de Nichols.

Son éducation s'était limitée aux savoirs de base. Les bonnes sœurs avaient fait en sorte qu'il sache lire, écrire et compter. Mais il possédait des qualités que des types plus âgés identifiaient très vite. Il ne connaissait ni la peur ni le remords.

Ces carences avaient assis sa réputation à Tondo. À l'âge de douze ans, après que sa mère avait été retrouvée morte l'aiguille toujours plantée dans la veine céphalique médiane, il s'était mis en quête de l'homme qui lui avait vendu l'héroïne et l'avait massacré.

Avec le peu de fric du marchand d'héroïne, il s'était rendu à Olongapo, le Disneyland de la 7e flotte, où sa mère prétendait avoir une sœur. Il ne l'avait jamais trouvée. En revanche, il avait dégoté un emploi rémunéré au sein de la plus grosse industrie d'Olongapo : la prostitution. Il transportait la came pour les filles et les marins américains qu'elles se tapaient, et accomplissait mille autres tâches utiles. Comme se procurer du sang frais de poulet pour les vierges professionnelles, afin qu'elles puissent prouver leur innocence toutes les semaines et finissent par capturer un marin pour mari. Attraper un mari, c'était attraper le trésor à l'autre bout de l'arc-en-ciel : le passage aux États-Unis.

Quatre ans plus tard, derrière le Solar Club, établissement de Rizal Boulevard exclusivement dévoué à la musique de Miles Davis, Arnuldo avait sauvé l'officier mécanicien de troisième classe Ed Dinkins d'une mort certaine.

Un désaccord était survenu avec quatre jeunes sauvages venus de la Jungle, quartier d'Olongapo strictement interdit aux Américains. Le quatuor, complètement défoncé et fin prêt à basculer dans la violence, exigeait de l'Américain qu'il leur donne son fric ou menaçait de tuer la pute qui lui tenait compagnie. Dinkins, qui avait beaucoup bu, n'avait pas évalué la gravité de la situation. Il avait retourné l'intérieur de ses poches. Il avait dépensé ses derniers *pesos* en écoutant une excellente reprise de Miles Davis de la période *In a Silent Way*. Dong Custodio était le meilleur trompettiste des Philippines. Et qui savait qu'il existait un Joe Zawinul philippin ? Pourtant, il y en avait bel et bien un : Alfonso Magat.

À côté de Dinkins, Delia, sa petite amie, qu'il avait déflorée l'après-midi même, avait tenté de faire entendre raison aux jeunes hommes.

La première des quatre brutes avait fait jaillir la lame de son cran d'arrêt et balafré la joue de Delia. Arnuldo l'avait entendue crier et quelque chose s'était débloqué dans sa poitrine. Il avait bondi pour s'interposer et mis fin à la vie des quatre jeunes gens.

Deux semaines plus tard, Dinkins, vingt-deux ans, épousait Delia à la salle polyvalente de la base navale de Subic Bay. Delia n'avait pas vingt ans, contrairement à ses dires. Elle en avait vingt-sept et faisait plus jeune. Elle était très heureuse. Le couple avait adopté Arnuldo. Il avait seize ans. Dinkins les avait emmenés tous les deux au paradis : Poway, Californie, États-Unis.

Quatre ans plus tard, Delia et Dinkins mouraient. Arnuldo avait suivi une danseuse à Las Vegas. La danseuse était une pute, il l'avait tuée. Mais le climat lui convenait.

Il faisait partie de la vie de M. Benjamin depuis le premier séjour prolongé de monsieur à Las Vegas.

Dans un bar du Caesars Palace, Arnuldo avait raconté au bonhomme la blague la plus drôle qu'il avait jamais entendue. À part celle du vieux couple la nuit de leur quarantième anniversaire de mariage. Et celle de la robe transparente. Où le très vieux mari arrive à ses fins.

— Comment appelle-t-on un boomerang qui ne revient pas ? lui avait demandé Arnuldo.

M. Benjamin, qui en était à sa deuxième double Stoli, n'avait rien trouvé et haussé les épaules.

— Comment on appelle un boomerang qui ne revient pas ?

— Un bâton, lui avait dit Arnuldo qui en était à son troisième Bloody Mary et s'étranglait de rire.

À la grande joie d'Arnuldo, M. Benjamin avait lui aussi trouvé la plaisanterie irrésistible. Après une autre double Stoli, M. Benjamin avait proposé du travail à Arnuldo.

CHAPITRE 24

CHALEUR COCHONNE

Lynette passa le lendemain soir. Nous baisâmes, vite, violemment, puis entamâmes une dispute.

Ce qui cadrait parfaitement avec ma nouvelle théorie. L'équivalence sexualité-agressivité.

Tout couple possède un niveau d'intimité naturel, selon la personnalité de chacun. Inconsciemment, le couple cherche à maintenir cette intimité. Certains couples baisent. D'autres se disputent.

Mon point de vue, que Lynette m'avait amené à envisager : y a-t-il réellement une différence ?

Il y a l'incident déclencheur, la montée jusqu'à la passion, le climax, puis… à l'Ouest, rien de nouveau. Encore que, de l'avis général, il y a moins de chances que votre partenaire vous prépare une omelette à l'espagnole après avoir été traitée de palourde décervelée.

Le sujet de la dispute était Artie.

Elle me foudroya du regard.

— Si jamais il le découvre, il va te tuer.

— Comment se fait-il qu'il ne t'ait pas déjà tuée, toi ?

— Parce que me pardonner, c'est avoir l'impression d'être Dieu.

— Eh bien, Dieu vient de me payer. Fin de la partie.

— Te payer pour m'avoir vendue.

— T'avoir vendue ? Tu ne manques pas d'air.

— Tu as dit ce que tu as dit, Dick.

— Je lui ai dit ce qu'il savait déjà, chérie. Ce n'est pas ma première affaire de cul. (Je la montrai du doigt.) Ni la tienne non plus, d'ailleurs.

Elle grogna, m'agita sa cigarette sous le nez.

— Dans la vie, c'est une de ces situations qu'on qualifie « d'occasion », Dick. Mais il faut avoir le cran de la saisir pour ce qu'elle vaut.

— Laisse tomber, Lynette. Tu ne me mettras pas la honte jusqu'à ce que je tue, non.

— Tu sais ce qu'il a fait à ma sœur.

— Oui.

— Tu connais toute l'histoire ?

— En partie.

Nyla Darkly, alias Thelma l'Assoiffée, aurait été sa sœur.

— Quelle partie ?

— Celle où tu n'as pas de sœur.

Selon « l'encyclopédie de la pornographie » de Myron Ealing, Nyla Darkly n'avait pas de sœur. Son vrai nom était Elizabeth Gligg.

— Tu es aussi une très mauvaise menteuse.

Paroles qui engendrèrent une nouvelle escalade de passion. Elle se jeta sur moi comme une furie, toutes griffes dehors, prête à mordre, à m'esquinter, mais j'étais trop fort pour elle. Un genou se projeta vers mes burnes, mais je me tournai et son genou frôla ma hanche. Nous nous empoignâmes, et luttâmes.

— Je te tuerai… un jour.

— Je croyais que ce serait Artie.

— J'en aurai l'occasion.

— Non, chéri. Oh, non.

Elle essaya de me mordre mais échoua et, bientôt, ce fut un baiser méchant, puis un baiser tout court. Nous nous séparâmes et nous dévisageâmes.

Une parfaite inconnue. Je ne la connaissais ni d'Ève ni d'Adam. Un visage entrevu au supermarché, à la station-service, au passage à niveau, la nuit, dans un autre véhicule, attendant que ce train aux mille wagons soit passé.

— Je ne sais pas qui tu es, ma belle.

Elle inclina la tête.

— Ah ouais ?

Elle attendit une fraction de seconde, leva le bras et me colla une gifle en travers de la figure. Je plaquai ma main contre la brûlure.

Maintenant, ça me revenait.

Je la giflai tout aussi fort, projetant sa tête en arrière. Ce n'était sûrement pas une façon de traiter la femme d'un autre.

Mais l'air était chargé d'une électricité nouvelle. Une chaleur cochonne courait dans mes veines. J'attrapai son chemisier et le lui arrachai.

CHAPITRE 25

UN CONTRAT

Il était minuit. Son odeur me collait encore à la peau. On dit que ceux qui marchent au bord du vide espèrent secrètement tomber. Mais dans quoi ? Je me douchai, versai de l'eau oxygénée sur mes égratignures.

Le téléphone sonna. Je décrochai à la quatrième sonnerie. Ce serait Lynette, forcément. Pour m'exhorter, à nouveau, à buter Benjamin. Pour mon bien. Pour l'argent, après validation du testament.

C'était Benjamin.

— Que puis-je faire pour vous, monsieur Benjamin ?

Qu'avait-elle encore fait ou dit ?

— Monsieur Henry. Quand nous nous sommes parlé la première fois, je vous ai dit que savoir, le seul fait de savoir dans un sens ou dans l'autre, me suffirait.

— C'est ce que vous m'avez dit. C'est l'information que je vous ai donnée.

— Eh bien, j'ai changé d'avis.

— Que voulez-vous maintenant ?

— J'en veux plus. J'ai besoin d'un nom, monsieur Henry.

— Vous changez la nature de notre accord, monsieur Benjamin.

— Je le sais.

Doux Jésus !

— Monsieur Henry, vous êtes toujours là ?

— Je suis là. Mais je n'aime pas discuter de ces choses-là par téléphone.

— Dans ce cas, passez me voir.

— Vous modifiez la nature de notre accord, monsieur Benjamin.

— Les accords, je ne cesse de les modifier. On est à Hollywood. L'argent est roi, pas vrai ? J'ai cinq mille autres dollars pour vous.

Il crut que je tergiversais.

D'accord. D'accord. Que faire ?

— J'arrive.

***

Je roulai vers l'ouest dans Sunset Boulevard. Le mensonge génère d'autres mensonges, comme les fissures s'étendent sur un pare-brise. Tôt ou tard, on n'y voit plus.

Il voulait un nom. Il voulait un nom. Et moi donc ! Mes parents, paix à leur âme, m'avaient toujours appris à faire face à l'adversité sans aller plus vite que la musique. Mais je ne voyais pas en quoi la musique aurait pu servir à quiconque en cette affaire. Même si, en y réfléchissant, je me disais qu'il ne serait probablement pas inutile que Chuckie Gregory et A-1 Contractors se fassent de nouveau souffler dans les bronches, d'un autre côté, je trouvais que donner son nom à Benjamin reviendrait à transgresser trop de lignes karmiques.

Il y avait pléthore de places de stationnement libres dans Rexford Drive. Le Philippin me laissa entrer et me conduisit dans les étages, prit sa place habituelle à la gauche de Benjamin. Ce soir-là, il accessoirisa son charme d'un infâme couteau à cran d'arrêt, l'ouvrant d'une chiquenaude… pour se curer les ongles.

Benjamin le récompensa de ce petit numéro par un sourire princier et entendu.

— Tu peux disposer, Arnuldo.

Arnuldo salua et s'éclipsa.

Benjamin ouvrit le tiroir de son bureau et en sortit une enveloppe qu'il poussa vers moi.

— Cinq mille.

— Cinq mille.

Je glissai l'enveloppe dans ma poche.

— Alors, dites-moi, monsieur Henry. Comment s'appelle ce connard ?

Le nom m'était venu au moment où je passais devant le Miyagi's dans le Strip. Le Miyagi's était l'ancienne boîte de Preston Sturges : The Players. Sturges avait transgressé des règles importantes de l'industrie du cinéma. Les scénaristes ne mettent pas en scène. Il était devenu metteur en scène. Une bonne chose. Puis il avait transgressé des règles importantes de l'industrie de la restauration. Ne mets pas trop de portes et n'embauche ni tes amis ni des personnes de ta famille. Il avait mis trop de portes et embauché trop d'amis et trop de personnes de sa famille. Mauvais, ça. Il avait fait faillite.

Soudain, j'avais eu très envie d'un Bloody Mary avec du sel au bord du verre. Et le nom m'était venu.

— Salt. Il s'appelle Tom Salt.

Benjamin hocha la tête.

— Tom Salt, dit-il en me regardant dans les yeux. Ça ressemble beaucoup à votre nom.

— Ah bon ?

Mon cœur pompa à toute vapeur.

— Si vous le dites.

Il joignit les doigts.

— J'ai toujours pensé qu'on finit par s'identifier à son nom. Dick Henry, Tom Salt. Tom Salt, Dick Henry. Des petits noms de rien du tout.

— Tom, Dick et Henry[1].

Il rit, leva la main.

— Sans vouloir vous offenser, bien sûr. Ce que je veux dire, c'est que, si on s'appelle Thurston, Peyton, Winston ou Prescott,

1. Allusion à l'expression « *Tom, Dick and Harry* » désignant tout un chacun.

un nom dans ce genre-là, on finit par devenir un Thurston ou un Prescott. Pigé ?

Plus ou moins.

— Je ne suis pas sûr qu'il savait que Judy était mariée.

À la décharge de Salt.

— Rien à foutre. Il aurait dû se renseigner.

Il aurait dû, ça, c'est sûr. Nul n'est censé ignorer la loi ni l'existence d'un mari en colère. Benjamin se frotta le menton, regarda Dick.

— Vous savez ce que je vais faire ?

— Lui pardonner car il ne sait pas ce qu'il fait.

— Fait ?

— Faisait.

— Pas de pardon, monsieur Henry. Non. Je vais le faire tuer.

— Tuer ?

C'était plus qu'un pare-brise fissuré.

— Je suis désolé, monsieur Henry.

Désolé ? Nous y voilà. Je sentais le couteau d'Arnuldo dans mon dos.

— Désolé ? Pourquoi ?

— Je n'avais pas compris que vous vouliez vous en charger.

Doux Jésus miséricordieux sauvez la misérable peau de Votre menteur de fils.

— Vous voulez vous en charger, c'est bien ça ?

— Heu… bien sûr que oui.

— Formidable. Combien ?

Je me souvins de rêves que j'avais faits, d'affreux cauchemars où ma voiture s'enfonçant dans un brouillard impénétrable sur une autoroute dangereuse, la nuit, je savais que le véhicule responsable de ma mort certaine surgirait soudain juste devant moi, inévitable.

— Combien, monsieur Henry ?

Je me grattai la tête comme si je réfléchissais.

— Cinquante mille. Vingt-cinq d'avance. Vingt-cinq à exécution.

Benjamin approuva d'un mouvement de tête.

— Moins cher que je pensais.
— Marché conclu.
— Combien de temps vous faut-il ?
— Heu… une ou deux semaines. Fin de semaine prochaine.
— Comment saurai-je que le travail a été fait ?
— Par son avis de décès dans le *Times*.
Benjamin tapa du plat de la main sur son bureau.
— Super. Butez-le.
Je levai la main pour gagner du temps.
— Vous vous rendez compte, monsieur Benjamin, que vous prenez une mesure extrême. Il n'y aura pas de retour en arrière. Et vous serez peut-être encore plus mal plus tard que vous ne l'êtes aujourd'hui. Vraiment, je vous le déconseille.

Et peut-être que vous ne m'engagerez pas pour me tuer moi-même.

Benjamin hocha la tête, puis inclina le buste en avant.
— Vous avez déjà été riche, monsieur Henry ?
— Non.
Jamais au point de craindre de devenir pauvre.
— C'est bien ce que je pensais. C'est assez décevant. Ça peut vous procurer toutes sortes de belles choses, dans tous les domaines, mais rien qui compte réellement. Et je me suis résigné au fait que je n'aurai probablement jamais rien de ce que je désire le plus. Mais ces derniers temps, je suis devenu curieux de savoir… quel goût a la vengeance.

Il plongea la main dans le tiroir de son bureau. Il compta deux liasses de billets de cent et prit cinquante billets dans une troisième.

— Pour ce Tom Salt…
— Oui ?
Benjamin sourit froidement.
— Ça m'est égal qu'il souffre.
C'était bon à savoir.

***

Bien entendu, Benjamin n'entendait rien à l'argent. Car il en avait toujours eu. Pour le type lambda, une jolie somme permet de gagner du temps. Du temps pour réfléchir à cette course qu'on court comme un forcené depuis si longtemps. Qu'on court en descente si vite qu'on ne peut pas s'arrêter. L'argent accorde le temps de réfléchir. À ce qu'on pourrait faire de sa vie au lieu de se contenter de nourrir son corps, de chèque de salaire en chèque de salaire, jusqu'à ce qu'il soit brisé, jusqu'à ce qu'il tire sa révérence.

Moi, je manquais de temps. Demain filerait à la semaine prochaine, et alors je devrais tuer, de manière convaincante, quelqu'un qui n'avait jamais vécu.

CHAPITRE 26

POURVOYEUR D'ÂMES

Le lendemain matin je m'éveillai, une terreur sans coutures drapée autour de mes épaules. Un suaire de mauvais pressentiments. Je ne voulais pas penser à ce que j'allais devoir accomplir pour ne plus avoir Benjamin sur le dos.

J'optai pour un menu plus light. Le problème Betty Fraiden.

J'allais faire un saut à Saint-Paul-de-Tarse. Le secrétaire de la paroisse, un type de charpente légère, brun, la trentaine et de taille moyenne ouvrit la porte à mon coup de sonnette.

— Vous désirez ?

— J'aimerais voir le révérend Jenkins.

— Vous avez rendez-vous ?

C'était bien ma veine. Même pour les affaires spirituelles, il y avait un protocole temporel.

— Non. Je n'ai pas rendez-vous.

— Non ? Dans ce cas…

— Mais je sens que mon âme immorale est en péril. Le révérend est-il là ?

À mon avis, il était difficile de rejeter un appel direct à ses devoirs supérieurs. J'attendis dans le vestibule pendant que le secrétaire allait aux renseignements. On me fit entrer dans une petite « salle d'attente ».

Je regardai autour de moi. Étais-je dans la tanière d'un prêtre véreux ? Pas évident. Au-dessus d'une bibliothèque était accroché un crucifix au christ en laiton bruni. Au mur se succédaient des photos d'un homme âgé en col romain en compagnie de diverses célébrités dont je n'avais jamais entendu parler.

Les mêmes photos tapissaient les murs du Pink's Hot Dogs. Ou ceux de n'importe quelle teinturerie dont on est un habitué. Les célébrités de troisième zone seraient prêtes à donner leurs photos dédicacées au Christ en personne :

Accroche-toi, Jésus ! Bert Marks
Jésus, t'es miraculeux ! Link Darnell
Trop rock, Jésus ! Peter Hart
T'é Cool, mister Christ. T-bar Yusef
Jésus, tu racontes les meilleures blagues de pêcheurs ! Bing Cherry[1]
Jésus, tu m'étourdis ! Lettie Figgus

Puis la porte s'ouvrit et l'homme sur les photos entra. Le révérend Jenkins était grand, rubicond, fortement charpenté mais d'apparence fragile, une épaisse tignasse longue et blanche couronnant le tout. C'était un septuagénaire et le type à l'air le plus gentil que j'aie jamais vu de ma vie.

— J'ai perdu mes clés, déclara-t-il comme entrée en matière tout en fouillant dans ses poches.

Je me levai. Il me tendit une grosse main.

— Stuart Jenkins.

— Dick Henry.

Aussi rapidement que j'avais compris que la femme d'Artie Benjamin lui était infidèle, je sus que le révérend n'était pas l'individu qui avait écrit les lettres. Il avait la maladie de Parkinson. Ses mains tremblaient.

Jenkins s'assit précautionneusement dans un fauteuil, puis me regarda. Ces yeux de vieux qui ne jugeaient pas plongèrent droit dans mon âme.

— Est-ce que vous allez bien, monsieur Henry ?

1. Cerise « cœur de pigeon ».

Bien entendu, je n'étais pas venu pour épancher mon âme, mais ce fut là que sa question tapa.

Comment allais-je ? Comment l'aurais-je su ? J'évitais la question du plus loin qu'il me souvenait. Il y avait ce qui était bien et ce qui était mal, et, grosso modo, je m'en tenais là, laissant ces questions en friche. Parce que si on creuse trop, on apprend des choses, et alors, pour peu qu'on ait un tant soit peu de sens moral, il faudrait agir.

— Je vais bien, avançai-je.

Mais soudain, le sol s'ouvrit et voilà que je pensais à Arthur.

Mon ami, mon compère de toujours, mon rival, mon joyeux comploteur aux mille taches de rousseur, mon coauteur d'un langage secret. Notre langage. Arthur ! Mon jumeau. La seule personne qui comprenait aussi bien que moi pourquoi Michael Thayer poursuivant un autre garçon avec un sac en papier kraft plein d'eau à la récréation, en CP, était la chose la plus drôle qu'on puisse imaginer. Une bombe à eau !

Arthur avait fait demi-tour sur le passage clouté pour récupérer un crayon que j'avais fait tomber.

— Monsieur Henry ?

Je clignai des yeux face à la patience du révérend Jenkins.

— En fait, je pensais à mon frère jumeau. Je l'ai perdu il y a longtemps.

— Je suis désolé de l'apprendre.

— Est-ce que, heu, est-ce que vous pourriez, peut-être... le mentionner dans une ou deux prières ?

— Je m'en ferais une joie. Comment s'appelait-il ?

Comment s'*appelle*-t-il.

— Arthur.

Venant je ne sais d'où, je sentis comme une petite décharge électrique : son sourire chiffonné.

Si je m'étais souvent moqué des religieux de profession en les traitant de gardiens de Cadillac et de catamites, la grande majorité des fantassins du Christ étaient des hommes dévoués. Ils visitaient les malades, réconfortaient les mourants, racontaient d'édifiantes histoires aux enfants, entretenaient leur foi grinçante et chancelante pour encourager les autres. Toutes pratiques qui leur laissaient peu de temps pour eux-mêmes. Le révérend Jenkins était tout cela au centuple. Je décidai de trouver le révérend Jenkins immensément sympathique.

— Vous financez une mission aux Philippines, exact ?

— À vrai dire, nous autres épiscopaliens en avons beaucoup. Saint-Paul en soutient deux en particulier. Une à Manille et une autre à Cebu. L'île de Cebu.

— Comment s'y prend-on pour faire un don à la mission de Manille ?

— Tout est organisé par notre homme en première ligne, Michael Linscomb.

— Il semble être un type bien.

— Oui, en effet. Travailleur. Discret. Ne se livre pas. Je crois qu'il écrit un roman. Et il écrit des deux mains ! dit Jenkins avec un sourire. Il est ambidextre. Je n'ai jamais compris comment ces gens-là s'y prennent. Il vit ici dans l'enceinte.

— C'est lui qui gère tout le travail pour la mission ?

— Cela fait partie des obligations d'un secrétaire paroissial. C'est notre officier de liaison.

— C'est une situation qui paie bien ?

Jenkins partit à rire.

— Il gagne plus que moi.

— Je ne voulais pas être indiscret, révérend.

— Ma récompense est entre les mains du Père Tout-Puissant. Et dans la glace tous les matins.

Je me levai et lui tendis la main.

— Un plaisir de vous avoir rencontré, monsieur.

Il se leva et nous échangeâmes une poignée de main.

Alors, j'aperçus ses clés sur la troisième étagère de la bibliothèque.

— Et voici vos clés, lui dis-je en les montrant du doigt.

Son visage s'éclaira.

— Bien sûr. Je relisais Thomas d'Aquin.

Il leva le doigt.

— « Le bien peut exister sans le mal, alors que le mal ne peut exister sans le bien. »

Je levai un de mes doigts moi aussi.

— « L'amour commence là où s'arrête le savoir. »

D'où cela sortait-il? Peut-être des jésuites. Du lycée Loyola, de Los Angeles. Je fus aussi surpris que Jenkins.

Il rit tout haut.

— Je détecte la présence d'un enfant de chœur.

Je quittai le révérend Jenkins d'un pas plus ferme. L'humanité ne pouvait me décevoir, car je n'en attendais rien, mais cet après-midi-là je serais dopé.

Je passai devant Linscomb en sortant. Il ne m'était pas sympathique. Une lueur s'alluma dans ses yeux sombres.

— Que le Christ soit avec vous.

— Merci.

Arrivé à la porte, je me retournai.

— J'ai besoin de l'adresse de la mission de Manille. Vous pourriez me la noter par écrit, s'il vous plaît?

Il hésita une seconde, prit une feuille de papier, hésita de nouveau. Entre ses deux mains? Puis, de sa main gauche, il écrivit l'adresse et me la tendit.

La Cadillac roula d'elle-même vers le sud. « L'amour commence là où s'arrête le savoir. » Comment se faisait-il que cette citation soit remontée à la surface? Je pensai à Lynette et à ce que je savais vraiment d'elle.

Rien.

Et, oui, j'avais été enfant de chœur.

***

Un samedi matin, deux enfants de chœur secondaient le père Falvey. Il entendait les confessions et là, tandis que le petit Tommy Mollet passait le balai à franges sur le sol en pouffant de rire avec Peter, le père Falvey sortit la tête du confessionnal et fit signe au jeune homme d'approcher.

— J'ai besoin que tu me remplaces, Tommy, dit le prêtre. Faut que je chie un truc énorme !

Qu'il « chie » ? Le père Falvey était assis à la droite de Dieu. Et il chiait ? Un truc énorme ? Et quand bien même, lui, Tommy Mollet, serait-il autorisé par les lois de l'Église à se substituer au père Falvey ? Lui, Mollet, qui était un grand pécheur devant l'Éternel. Lui qui, Dieu ne le savait que trop, avait traité sa sœur de petite merdeuse le matin même. Que dirait-il à ceux qui se confessaient ? Comment savoir doser leur pénitence ?

— Mais qu'est-ce que je vais leur dire, mon père ?

Tommy se sentait dépassé.

— Donne-leur tout simplement ce que je te donne. Deux ou trois Notre Père, et un ou deux Je vous salue Marie. Tu trouveras vite.

Dans la sombre alcôve, Tommy pénétra, s'assit sur un petit banc contre la paroi du fond. De chaque côté, il y avait une petite ouverture, et chacune était pourvue d'un écran coulissant. Horrifié, Tommy voyait nettement les pécheurs quand venait leur tour.

Mais il prit le pli au bout d'un moment. Deux Notre Père, un Je vous salue Marie. Trois Notre Père, cinq Je vous salue Marie.

Puis Patrick Gleason s'était présenté devant lui.

— Bénissez-moi, mon père, parce que j'ai péché. Ça fait une semaine que je ne me suis pas confessé.

Et de confesser qu'il avait chié dans le tronc de Saint-Vincent-de-Paul.

Ouah. Même si lui, Tommy Mollet, avait été malade de rire à la récréation, dans le confessionnal c'était une autre paire de manches. Dix Notre Père et dix Je vous salue Marie. Puis l'estocade.

— Pendant trois jours.

Une ombre entra et il sentit du parfum. April Douglas. Elle avait les plus gros seins de la classe. Elle se lança et, très vite, Tommy fut complètement largué. Doucement, il ouvrit la porte et agita les doigts à l'intention de Peter.

— Quoi ? chuchota celui-ci.

Pourquoi le père avait-il choisi Tommy plutôt que lui, d'ailleurs ? Tommy savait que dalle à que dalle.

Tommy, éperdu, leva les yeux vers son ami.

— C'est quoi, le tarif du père Falvey pour de la baise orale et anale ?

Quoi que ça puisse vouloir dire.

Peter haussa les épaules. Oui, pourquoi le père avait-il choisi Tommy plutôt que lui ?

— Fastoche. Deux billets pour un match des Dodgers.

CHAPITRE 27

LE RADEAU DU PHARAON

Je roulai jusqu'en centre-ville. Comme j'allais maintenant avoir besoin d'un mort, en plus d'avoir M. Linscomb à mes basques, j'en appelai de nouveau à l'amitié de Billy Ravenich que j'avais connu quand j'étais dans la marine.

Ravenich et moi jouions dans un orchestre de blues à l'époque, le Coalhouse Walker. Notre rêve avait vite éclaté par manque de talent, mais il faut avoir du talent pour s'en apercevoir. Nous avions roulé quelque temps à plat, puis nos pneus étaient tombés.

Ravenich avait tout de même persisté et fait quelque chose dans le monde de la musique. Sur je ne sais quel hit-parade, ses potes et lui avaient grimpé en flèche à la neuvième place. Du heavy metal un brin satanique. Chasse aux Sorcières, que ça s'appelait. Ou était-ce Chasse en Mer ?

Quoi qu'il en soit, ces Chasseurs ayant boitillé jusqu'à une fin que personne n'avait regrettée, Ravenich avait fondé une affaire familiale. Dans le mortuaire.

Le funérarium O'Halloran se trouvait à Venice, vers le centre-ville. Des voies rapides vrombissaient au-dessus, et un soleil implacable cognait sur une peinture style Mission qui tombait en poussière. Un panneau sur un poteau téléphonique suggérait que de nouvelles coordonnées bancaires pouvaient être obtenues contre quarante-neuf dollars.

À l'intérieur, c'était solennel, paisible, et bien climatisé, un must pour tout funérarium ; en fond sonore, un orgue lugubre pleurait les morts. Quand je mis le pied sur le paillasson, une faible sonnette se fit entendre à l'arrière des locaux.

Une femme apparut. Elle était vêtue de noir et marchait lentement, les mains croisées, la mine consternée. Pâle, d'âge moyen, nettement trop grosse, cheveux bruns noués en chignon, elle arborait une expression de profonde et indéfectible compassion. Une couche de rouge à lèvres très rouge complétait la panoplie.

— Je suis Mme Grimble, dit-elle avec une onctueuse sollicitude. Que désirez-vous ?

Je la méprisai instantanément et eus pitié de M. Grimble s'il existait. J'imaginai Mme Grimble chez elle, enfoncée dans le canapé avachi, donnant des ordres, bêlant des plaintes, s'empiffrant le jabot de guimauves.

Je me rappelai le décès de ma mère et le gâchis qu'en avait fait Forest Lawn en tentant de me vendre un sarcophage doré alors qu'elle voulait un cercueil en sapin. C'était sidérant, écœurant : jusque dans la mort, on était un produit susceptible d'évoluer.

Je décidai de m'amuser avec Mme Grimble jusqu'à ce qu'elle craque et appelle Ravenich.

Mme Grimble croisa de nouveau ses mains et réitéra sa demande.

— Que désirez-vous, monsieur ?

Voyons voir.

— Je viens pour mon oncle.

Elle me montra un bureau sans désordre, me pria de m'asseoir. Je m'assis et reniflai fort.

Mme Grimble ouvrit un tiroir, en sortit des formulaires, un stylo et une boîte de kleenex. Elle fit glisser les mouchoirs en papier vers moi.

— Commençons par le commencement. Comment vous appelez-vous ?

— Richard Henry.

— Ri-chard Hen-ry. Et comment s'appelle votre oncle, monsieur ?

Je reniflai derechef et fis tourner la roue de la Fortune.

— Il s'appelait Charles.

— Charles. Charles comment ?

— Oncle Charles.

Un sourire sans expression chiffonna le visage de la dame. Je me demandai depuis combien de temps elle faisait ce boulot.

— Et son nom de famille, monsieur ?

— Vous ne voulez pas son nom complet ?

— Bien sûr. Quel était-il ?

— Son nom complet était Charles Hobson Gleurk.

— Gleurk ?

Un nom peu courant, c'est sûr. Je reniflai.

— Les Gleurk de Pennsylvanie.

— Gleurk.

Elle hocha douloureusement la tête et nota quelque chose sur le formulaire.

— Quand M. Gleurk s'est-il éteint ?

Je soupirai – la douleur était encore fraîche, à vif.

— Quand le régulateur a lâché, que le câble de la grue a pété et que le coffre lui est tombé sur la tête.

Mme Grimble réussit à se fendre d'un autre petit sourire.

— Par « quand », j'entends la date. Quand s'est-il éteint ?

— Avant-hier.

— Et où se trouve le défunt à présent ?

— Sur de la glace. En ville.

— Vous voulez dire à la morgue ?

— Oui.

Mme Grimble finit de cocher ses cases, puis plongea la main dans le tiroir de son bureau et en sortit plusieurs brochures.

— Voici une présentation de nos différentes options. Si vous voulez bien les consulter…

Je jetai un coup d'œil aux brochures. Comme pour les choix posthumes concernant ma mère, les formules d'inhumation allaient du simple et volontairement moche au style néo-égyptien d'un coût obscène.

Mme Grimble recommença l'interrogatoire du client, repassant en mode mielleux.

— Partagiez-vous des souvenirs particuliers avec votre oncle ?

— Voyons voir… C'est lui qui m'a montré mon premier *Playboy*.

Les sourcils de Mme Grimble partirent vers le haut tandis que les commissures de ses lèvres s'affaissaient.

— Je vois, dit-elle.

L'inspiration frappa de nouveau.

— Oh, et j'ai un autre souvenir de l'oncle Charles.

— Oui ?

Un dégoût anticipé adoucit ses traits.

— Il a gagné un concours Nathan du plus gros mangeur de hot dogs.

— Vraiment ?

— Vraiment. Il a bouffé soixante-quinze de ces fils de putes, dis-je en me tapant le genou. Et après, il a dégueulé comme une pompe à incendie.

Mme Grimble atteignait les limites de sa courtoisie professionnelle.

— Ce qui m'amène à un problème, madame Grumble[1]. Un problème particulier.

— Mon nom, c'est Grimble. Quel problème particulier ?

— La taille de M. Gleurk.

Les sourcils de Mme Grimble se remirent au garde-à-vous.

— M. Gleurk pesait trois cent quarante kilos.

Je pris la brochure « solutions d'inhumation ».

— Quelle largeur, exactement, le Radeau du Pharaon ?

C'en fut trop pour Mme Grimble. Elle se leva d'un bond.

— Aurai-je besoin de deux concessions ?

— Je vous prie de m'excuser, monsieur Henry.

***

1. *Grumble* désigne tout ce qui est magazines, vidéos, etc., pornographiques.

Mais bon Dieu, qui étaient ces gens ? D'où venaient-ils ? Pourquoi diable avait-elle suivi Ed Grimble à Los Angeles tant d'années plus tôt ? Elle aurait mieux fait d'épouser Gil Clayton quand il le lui avait demandé. Mais non, Eddie Grimble avait des perspectives d'avenir. Tu parles ! La perspective de faire faillite.

Et maintenant elle encourageait les inconsolables à acheter des sépultures en bronze toute éternité à un taux de crédit ruineux. La vie puait ! Quelle garce ! Et elle, justement, méritait mieux. Elle avait joué la Vierge Marie dans la pièce montée par le lycée. Leur avait tiré les larmes.

Oui, elle accepterait l'invitation à dîner du croulant Howard Lastman. Oh, oui ! Au meilleur grill de Beverly Hills.

Howard avait-il encore assez de dents pour assurer ? Peu importe. Ça, ce serait son problème. Et si jamais il avait envie de finir la soirée en beauté, Dieu du ciel ? À supposer que sa mécanique ne soit pas rouillée. Non, elle ne pourrait jamais être soûle à ce point. Il devrait se contenter de la crème brûlée.

***

Billy Ravenich rêvassait quand on frappa à sa porte. *Key to the Highway*, ce beau blues à huit mesures dans la version de Derek and the Dominos, se fana dans son esprit. Clapton, Allman, Radle, Whitlock, Gordon. Les maîtres. La perfection.

— Entrez.

C'était quoi, cette fois ? Pablo, là-bas dans l'arrière-salle, aurait-il encore ressuscité des morts ?

La porte s'ouvrit. C'était cette vénusté faite femme : Mme Grimble.

— Oui, madame Grimble ?

— Un connard vous demande, monsieur Ravenich.

— Quel genre de connard ?

— Du genre à avoir un oncle qui s'appelle Gleurk.

— Gleurk. Qu'est-ce que c'est que ce nom à la noix ?

— Il est de Pennsylvanie.

— Y a-t-il autre chose, madame Grimble ?

— Il dit que son oncle pèse trois cent quarante kilos.

— Et le nom de ce connard, c'est quoi ?

— Richard Henry.

Ravenich tapa du plat de la main sur son bureau.

— Merci, madame Grimble. Je prends le relais.

Ravenich entra à grands pas dans le hall. Et tomba sur ce coincé du cul de Dick Henry avec un gros sourire en coin sur la figure.

***

Ravenich fut content de me voir et me ramena à son bureau. Il me foudroya du regard.

— Mme Grimble est venue me dire qu'un connard me demandait. Trois cent quarante kilos. Merde.

— Qu'est-ce qu'on fait vraiment d'un cadavre de trois cent quarante kilos ?

— À ton avis ? Palan, tronçonneuse, pique et de l'huile pour mille lampes.

Avant d'en venir à l'objet de ma visite, je m'enquis du bon côté de sa vie.

— T'as écrit des chansons ces derniers temps ?

Il ne fut pas dupe.

— Pas la peine de me passer de la pommade.

— Ce n'est pas le cas. Qu'est-ce que tu deviens ?

— En fait, j'ai monté un groupe très sympa. Sur le modèle des Dominos. Basse, batterie, clavier et moi. Peut-être Louie Losta à l'harmonica quand il pourra se libérer. Et oui, j'ai écrit deux, trois jolies chansons.

— Vous vous produisez ?

— Demain. Au Nilene's de Santa Monica.

— Je vois où c'est.

— Je t'y verrai ?

— Tout à fait possible.

Ravenich ricana.

— Revenons-en à mes devoirs d'entrepreneur de pompes funèbres patenté. Que me vaut l'honneur ?

J'adorais Ravenich et lui souris.

Il me rendit mon sourire.

— Enfoiré, va ! Au fait, comment va Rojas ?

— Bien.

— C'est un bon gars.

— Oui, c'est vrai.

***

Rojas, sur ma recommandation, s'était acquitté d'un petit boulot pour Ravenich. Concernant un pleureur de chapelle. Ce petit bonhomme aux cheveux bruns se pointait et gémissait pendant les services funèbres. Mais si fort que sa souffrance éclipsait la douleur des vrais endeuillés. Ce qu'il voulait, c'était se faire payer pour dégager. Ravenich lui avait donné une petite somme, mais le pleureur était devenu gourmand et était revenu pour y aller de nouveau de ses pleurs. Cette fois-là, à peine eut-il pointé le bout de ses lugubres chaussures marron dans la chapelle qu'il tombait sur Rojas. Et, en deux temps trois mouvements, se retrouvait dans l'arrière-salle.

— Qu'est-ce que ça signifie ? demanda le pleureur de service, hors de lui.

Il connaissait ses droits.

Rojas lui balança un coup droit en plein dans la poitrine.

— J'ai toute ton attention ? demanda-t-il.

De sa position par terre contre le mur, l'homme hocha la tête, douloureusement, pour lui dire que oui.

Rojas se tailla un sourire glacial.

— Tu sais ce que c'est qu'une double réservation ?

Le pleureur fit non de la tête. Ça ne pouvait pas être bon.

— C'est quand deux connards sont enterrés dans la même boîte.

Et de soulever le pleureur par le bras et de le jeter dans un cercueil bas de gamme vide.

— Mais officiellement, poursuivit Rojas, seul le type du dessus est pris en compte. Tu vois le topo ?

En fait, Morton Cockley avait instantanément compris son erreur et se hâtait de se confondre en excuses mais, en moins de deux, il se heurta au noir absolu quand Rojas rabattit le couvercle sur lui. Bien entendu, les cercueils bas de gamme ne sont pas équipés de mécanismes d'ouverture à l'intérieur.

Une heure et demie plus tard, après que l'interminable cérémonie funèbre fut arrivée à son terme, Rojas rouvrit le cercueil. Cockley, le pleureur de chapelle, était un homme mouillé et changé.

— Tu sais ce qu'est une double réservation ?

— Oui.

— Si jamais tu reviens ici, tu auras droit à une double réservation pour de bon. Tu me comprends ?

Cockley était sorti par la porte du fond et on ne l'avait plus jamais revu.

***

Ravenich affichait un large sourire.

— Qu'est-ce que Rojas a dit à ce type ?

— J'en sais rien. Il lui a sans doute parlé de devoir civique et du respect des morts.

— En tout cas, quoi qu'il lui ait raconté, ça a marché. (Puis il se pencha vers moi.) Alors, que me vaut l'honneur ?

— J'ai besoin de faire passer un avis de décès dans le *Times.*

— Et tu veux que je dise que le corps est ici ?

— Tu me le proposes ?

— Qu'est-ce que je t'ai dit la dernière fois ?

— De ne plus jamais présenter mon ombre à ta porte. (Je marquai une pause.) En substance, précisai-je.

— En substance, acquiesça Ravenich.

— Tu es le seul à pouvoir m'aider.

— Foutaises. Ed Lake à Forest Lawn, Jim Harkins à Rosemont-Ross, il y a…

— Je veux dire, tu es le seul qui pourrait m'aider.

— Où est le corps ?

— Ça, c'est la partie facile.

— Alors, où est-il ?

— Il n'y en a pas.

Une aigre lassitude envahit peu à peu son visage.

— Pourquoi est-ce que je te fréquente encore ? Pourquoi est-ce que je ne te dis pas d'aller te faire mettre ailleurs et tout de suite ?

— Parce que je t'ai présenté Rojas. Et parce que ça.

Je sortis une enveloppe de ma poche.

— Tiens, mille dollars pour le dérangement.

Je posai l'enveloppe sur le bureau entre nous.

Ravenich lança un regard de biais au paquet.

— Tu me demandes de violer un beau morceau du code civil. (Il se gratta le menton, comme s'il réfléchissait aux statuts.) Et tu me demandes aussi de transiger avec mes propres principes moraux.

Il me regarda. J'acquiesçai. Puis je remis la main dans ma poche et sortis la seconde enveloppe.

— Tiens, mille cinq cents de plus pour ta peine.

La morosité de Ravenich s'évapora aussi instantanément que l'admiration de la pute une fois l'affaire faite. Les enveloppes disparurent dans son bureau.

J'écartai les mains.

— La mort est une entreprise qui rapporte.

Ravenich haussa les épaules.

— C'est l'entreprise familiale.

CHAPITRE 28

UN AVIS DE DÉCÈS

Ce vendredi matin-là, je roulai jusqu'au Country Store de Laurel Canyon et y achetai le *Los Angeles Times*. J'inspirai à fond. Au moins, une chose avait marché. Je décidai de m'asseoir en terrasse pour boire du café, regarder passer les voitures, reluquer les jolies filles du quartier entrer et sortir de l'épicerie.

Le *Times*, comme tous les journaux urbains, déclinait fortement, tel un vieil ami rongé par le cancer. Robuste et en parfaite santé un jour, trente kilos le lendemain. Le gros journal bien épais et bien lourd de ma jeunesse n'était plus. Maintenant, il me rappelait la feuille de chou tout juste bonne à emballer du poisson que je livrais quand j'avais treize ans, le *Citizen News*.

Ç'avait été mon premier boulot. L'attrait de l'argent facile tout en faisant du vélo avait vite pâli. Comme n'importe quel boulot, c'était du travail. Le lectorat du journal n'était pas motivant non plus. Composé exclusivement de vieux râleurs… je n'avais pratiquement jamais droit à un pourboire ou à un sourire. Chaque jour, à l'école, je baignais dans la crainte grandissante de ma tournée et, chaque jour, je partais un peu plus tard pour la faire.

Mon retard faisait queue d'aronde parfaite avec l'ardent désir de mes antiques clients qui tous, et toute la journée durant, avaient soif de l'excitation que leur procurait le *Citizen News*.

Quand je lançais le journal plus ou moins en direction de leurs portes, je les voyais jeter un coup d'œil à travers les rideaux et sucer leurs dentiers en me fusillant du regard.

Je ne me rappelle pas avoir donné ma démission. C'est juste que le boulot fondit peu à peu. Comme une savonnette. Un jour, il fila par la bonde. Ce qui me convenait tout à fait. Jusqu'au débile à culs de bouteilles qui livrait le *Herald Examiner* en moto à trois roues de stabilité à toute épreuve et qui nous regardait de haut, moi et mes *Citizen News*.

J'allai à la page A-20. Il y avait bien mon annonce.

Annonces Avis de décès / Obsèques
SALT, Thomas Alva / Funérarium O'Halloran

Je fis le total. Quinze mille pour l'enquête sans nom. Cinq pour le nom. Cinquante pour l'exécution.

Soixante-dix. On en avait vu se vendre pour moins que ça. Si seulement je pouvais enterrer l'affaire. J'appelai Benjamin, lui dis d'acheter le journal. C'était déjà fait. Il allait m'envoyer Arnuldo.

J'appelai Ravenich, le remerciai. Il me dit d'aller me faire foutre. Je lui demandai s'il tringlait toujours Mme Grimble. Il raccrocha.

Je rentrai chez moi, m'assoupis sur *Modern Times* de Dylan et rêvai à Nettie Moore quand on cogna fort à ma porte.

Arnuldo me fourra une grande enveloppe en papier kraft dans les mains.

— De la part de monsieur B., me dit-il, l'œil rétréci et menaçant.

Soudain, j'eus l'impression que non seulement Arnuldo ne m'aimait pas – ce qui était son droit le plus strict et ne me concernait pas –, mais qu'en plus, il nourrissait à mon égard une animosité très personnelle, et ça, ça me concernait beaucoup.

Pourquoi cette animosité ?

Lors de notre première rencontre, le coup du chapeau vert semblait presque bienveillant par comparaison. Rien à redire.

Notre rencontre suivante. À la soirée où j'avais appris que Judy et Lynette n'étaient qu'une seule et même personne. Avait-il déchiffré mon expression quand j'en avais lâché mon verre ?

Si oui… disons très certainement oui. Il avait lu sur mon visage à livre ouvert et deviné… quoi ? Qu'il y avait il ne savait quelle histoire entre Lynette et moi. Et alors ?

Puis il assiste à l'expansion du contrat entre son patron et moi. S'il considère que toute cette affaire est une imposture, est-il furieux au nom de son patron ? Du fric de Benjamin ?

Ou furieux en son nom propre ?

Ça y était. Clair comme le jour, noir comme la nuit. Arnuldo en pinçait pour Lynette, platoniquement ou autre. Pas étonnant qu'il me haïsse. Et, par extension, qu'il haïsse Benjamin, son boss et rival. Quelle joyeuse maisonnée, là-bas, à Rexford Drive.

Arnuldo ne me quittait pas des yeux. Comme je soutenais son regard, je sus qu'il avait vu que je l'avais percé à jour. À la seconde même où je le faisais. Mais admettre l'origine de sa rage reviendrait à la valider.

Je décidai d'irriter sa blessure secrète.

— Tu n'as pas l'air dans ton assiette, Arnuldo. Quelqu'un qui te les pressure ?

Arnuldo, avec un effort visible, ravala ses sentiments.

— Je vais bien, Henry. (À peine s'il avait pu expulser les mots de sa gorge.) Et toi ?

— Moi aussi, je vais bien. Je me dis que j'irais bien danser, c'est dire à quel point je vais bien.

— Tu veux connaître l'avenir, Henry ?

Un murmure – il ne contrôlait pas plus.

— T'es bohémien ?

— Ma mère l'était. (Silence.) Un jour… je te tuerai.

Je hochai la tête.

— Je ne crois pas.

De nouveau, il déglutit.

— Pourquoi ?

— Pourquoi ?

Le sel sur la plaie :

— Parce que t'es le boy de M. Benjamin… et que papa t'a pas donné la permission.

C'était plus qu'il n'en pouvait supporter. Il se figea, tout à pulser, puis tourna les talons.

J'entendis une porte claquer violemment. Peu après, une Mercedes bleue passa sans bruit dans la rue.

Je fermai la porte, jetai l'enveloppe sur ma table basse. Me dis que je ferais mieux de l'ouvrir.

Deux liasses de cent billets de cent et cinquante de plus entourés d'un élastique. Je remis tout dans l'enveloppe.

J'avais lâché un ennemi en liberté dans la nature. Une vague de fatigue déferla sur moi. Je refusai de la laisser me submerger. Anticiper la douleur, l'horreur et les conflits revient à passer par tous ces états avant l'heure. À chaque jour suffit sa peine[1].

Avec une terrible sensation de manque, j'eus envie d'être en compagnie de mes enfants, d'avoir leurs petits bras autour de mon cou.

1. Matthieu, VI, 34.

CHAPITRE 29

UNE PARFAITE HARMONIE

Après avoir réglé quelques petites affaires, cajoleries aidant, je réussis à entrer dans Arden Boulevard. Georgette était d'excellente humeur. Je lui fis un joli petit chèque pour la rénovation de sa cuisine, mais elle était d'excellente humeur de toute façon. Du coup, je lui donnai mille dollars de plus pour qu'elle s'achète une nouvelle robe.

Elle prit la chose calmement.

— Pourquoi veux-tu m'offrir une nouvelle robe? Ça ne te mènera nulle part.

— Je suis déjà allé partout, chérie, répliquai-je en lui faisant un clin d'œil. Pas que je me lasserais du paysage.

Bien envoyé, non ?

— Mais, poursuivis-je, ayant une vision d'artiste, comme souvent, te voir dans une nouvelle robe ferait de ce monde un endroit meilleur. Or c'est dans ce monde que je vis.

— Auquel cas, avec ta vision d'artiste, répondit-elle, me renvoyant froidement la balle, tu auras pensé aux chaussures.

J'éclatai de rire. C'était presque comme au bon vieux temps. Je mis la main à la poche, en sortis cinq billets de cent. Les lui tendis.

— Pour les pompes, dis-je. J'insiste.

Elle prit l'argent, me regarda, très sérieuse.

— Tu es devenu riche ?

Vous voyez ? Vous voyez ? Elle m'aimait. Elle croyait en moi. Ha !

— Un jour, je le serai, chérie. Mais pas aujourd'hui. Disons que je suis en fonds.

Randy et Martine observaient ce subtil pas de deux.

— Je veux une nouvelle robe, dit Martine, entrant dans la danse.

— Et tu en auras une, répondis-je.

Je me tournai vers mon fils.

— Tu veux une nouvelle robe, toi aussi ?

Martine hurla de rire.

— Les garçons ne portent pas de robes ! Ils portent des pantalons !

Je levai un doigt en signe de désaccord.

— Sauf dans certaines parties de Santa Monica Boulevard.

Cela déconcerta les enfants et crispa le visage de Georgette.

— Dick, dit-elle en guise d'avertissement.

Je haussai les épaules, tout heureux.

— Je veux un nouveau gant de base-ball, déclara Randy. Et je ne porterai jamais de robe.

— Bien, acquiesçai-je en hochant la tête à son intention. Je ne le voudrais pas non plus. Et sois sûr que tu auras un nouveau gant.

Le dîner fut merveilleux. Basique. Merveilleux. Hamburgers, haricots verts et purée avec la bonne sauce de Georgette.

Nous bavardâmes en toute décontraction de tout et de rien, Georgette me servit un autre café, puis Randy aborda un sujet important.

— On apprend le sexe à l'école.

J'échangeai un regard avec Georgette.

— Les œufs, les graines, tout ça, poursuivit mon fils. Je sais tout là-dessus. Je ferai jamais un truc pareil.

— Bien, approuvai-je. C'est salissant.

— Vous deux, vous l'avez fait ?

Randy nous évalua du regard.

— Fait quoi ? demanda Martine.

J'acquiesçai d'un signe de tête.

— De temps en temps, dis-je.

Georgette eut un sourire atroce.

— Bien obligé, dit-elle.

Je levai deux doigts.

— Mais seulement deux fois, ajoutai-je.

— Moi aussi, je serai obligé de le faire ?

Randy semblait un peu angoissé.

— Non, mon chéri, lui dit Georgette.

— Et moi ? demanda Martine.

Son expression communiquait l'inquiétude que, quoi que ce fût, ça devait sans doute se faire dans le cabinet du médecin à grand renfort d'alcool isopropylique.

— J'y serai obligée ? insista-t-elle.

Sur ce point, Georgette et moi atteignîmes une parfaite harmonie.

— Jamais, fîmes-nous à l'unisson.

Là-dessus, mon téléphone sonna.

CHAPITRE 30

DES FLEURS POUR UN CUBAIN MORT

Santa Monica. Je ne pouvais pas aller plus vite. Au Nilene's, on ne pouvait aller plus loin. Dans Ocean Avenue. En face : les falaises, l'autoroute, la mer.

Je pensais en avoir fini avec Benjamin. Mais non, ça reprenait de plus belle. Ombre de Michael Corleone.

Monsieur Henry ? Ici Artie Benjamin. Pause. J'aimerais voir le corps. J'imaginais Arnuldo hochant tranquillement la tête en souriant.

Je me sentais à deux doigts de devenir barge. Je n'avais pas réussi à joindre Ravenich, mais peut-être était-ce qu'il était sur scène et avait coupé son portable.

Je confiai la Caddy au voiturier et me précipitai à l'intérieur. Le club était obscur et les musiciens faisaient un break, mais j'aperçus Louie, l'harmoniciste, près de la scène.

Louie était un chic type et un bon, très bon musicien, mais il lui fallait vingt minutes pour lacer ses chaussures, boutonner sa chemise ou dire bonjour. J'avais beau être content de le voir, je lui coupai le sifflet au moment où il prenait son souffle.

— Désolé, Lou. Je suis hyper pressé, là. Où est Ravenich ?

Louie me fit un clin d'œil. Au ralenti.

— Va voir au fond, mon frère. Je crois que j'en connais qui sont en train de se crapoter de la beuh.

Il s'exprimait dans un sabir exagérément tendance pour le plus grand plaisir de son auditoire.

Je lui pris la main, la serrai, courus à l'autre bout de la salle.

Je repérai Ravenich appuyé contre le mur du fond. Il était en train de se taper de la beuh, grave. Je fus à côté de lui sans qu'il me voie arriver, le faisant sursauter.

— Seigneur, d'où tu sors ?

— Faut que j'te parle, Billy. C'est urgent.

Ravenich leva un doigt.

— Mais ça attendra. Il m'en faut une autre.

Je rongeai mon frein en le regardant tirer une taffe en connaisseur et l'apprécier. Ça devait être de la bonne. Joues gonflées, il tendit le joint dans ma direction. Je refusai d'un geste. Il haussa les épaules, exhala.

— Merci d'être venu, mec. Que se passe-t-il ? T'as besoin d'une femme ?

— Une femme ? Tu crois que je viendrais te voir pour ça ? Pourquoi aurais-je besoin d'une femme ?

— Parce que tout homme a besoin d'une femme. Pour soulager ses maux et ses crampes. Et j'en ai une pour toi.

Je regardai autour de moi.

— J'ai pas le temps pour ça, Billy.

Il me regarda comme si j'étais stupide, puis me balança sa vanne :

— T'as pas de temps pour Elizabeth Grimble ?

Même moi, j'eus à étouffer un rire douloureux. Ravenich, lui, s'écroula carrément de rire. Puis il se mit à tousser. Peu après, il essuya des larmes.

— Bon, qu'est-ce que tu viens vraiment foutre ici ?

Il fit une association d'idées.

— Te trouver une Grimble chaude comme la braise ?

Une Grimble chaude comme la braise. Un vrai truc à vous la couper. Un truc à vous la couper, soit de l'humour à peine capable de faire pouffer. Mais Ravenich s'écroulait à nouveau. Enfin, il arrêta de rire.

— D'accord, fit-il. Que se passe-t-il ?

Un autre ricanement lui échappa.

— Ce qui se passe, c'est que j'ai besoin d'un corps.

Ça lui éclaircit un peu les idées.

— Un corps ? Tu t'imagines que je transporte des corps dans mon coffre ?

— Billy, je suis très sérieux. Je suis dans la merde. J'ai besoin d'un corps qui corresponde à l'avis de décès.

— Tu te crois original ? Tout avis de décès correspond à un corps. Et vice versa.

— Billy, j'ai de graves ennuis. Je suis au bord de me faire baiser !

Il dessoûla un rien.

— Je savais que ce serait galère. Je le savais.

— Je vais te le dire quand ça sera galère. Si mon client se pointe au funérarium et qu'il n'y a pas de corps, là, ça sera galère.

La flèche de la raison fendit l'espace de la sinsemilia[1] et se ficha dans son cervelet.

— Tu me l'envoies chez moi ?

— Je pourrais l'envoyer ailleurs ?

Louie apparut sur scène.

— Cinq minutes, mes frères.

Ravenich me regarda.

— Ben, tu m'as gâché mon trip.

— Je te donne deux mille pour que tu exposes quelqu'un qui corresponde.

— Non, enfoiré, tu m'en donneras cinq.

— Très bien.

Cinq mille était le chiffre que je ciblais.

— J'imagine que ton client pense que t'as buté M. Salt ?

— Absolument.

— Et de quelle manière l'as-tu buté ?

1. Herbe de cannabis issue de fleurs non fécondées, ne comportant aucune graine, très fortement dosée.

— Aucune importance. Soit flagrante soit sournoise. Ce dont tu disposes.

Puis, en dessinant des guillemets avec les doigts :

— Causes naturelles.

Il hocha la tête.

— Au fait, c'est terminé. Ne me demande plus de faire quoi que ce soit d'autre pour toi dans cette vie.

Il ne restait plus qu'un détail à régler.

— Une dernière chose, Billy.

— Va te faire foutre.

— Les proches du défunt…

Je vérifiai l'heure à ma montre.

— … arriveront, heu, bientôt.

— Bientôt ? C'est-à-dire ?

— Dans quarante minutes.

— Quarante minutes ?

Je l'entendis grincer des dents.

— FILS DE PUTE ! hurla-t-il à pleins poumons.

Et il chercha ses clés dans ses poches.

J'avais les miennes dans ma main.

— Je serai juste derrière toi.

Je replongeai dans la salle et, arrivé au milieu de la foule, quelqu'un me faisant un croche-pied, je tombai durement par terre.

Je me relevai, pris le poing de Chuckie Gregory au sommet du front et retombai à la renverse. Je l'entendis jubiler :

— Tiens, tiens, tiens. Si c'est pas Dick Henry !

Je défendis mon visage contre une chaussure.

Il me laissa me relever pour mieux m'étendre sous les yeux de ses amis. Je feignis l'étourdissement et évitai de justesse deux ou trois haymakers. Puis je feintai du gauche et lui balançai un super direct du droit en plein dans le plexus solaire. Aussi lent, me sembla-t-il, que le direct de Foreman qui mit Moorer K-O. Au tapis, le Chuckie Gregory. Je me cassai aussitôt. Je n'avais pas le temps de l'humilier.

Je fonçai dans Pico Boulevard, tournai à gauche à la hauteur de Cloverfield Park, rejoignis l'Interstate 10 East et mis le pied au plancher.

***

J'arrivai en retard chez O'Halloran. Je gagnais l'entrée juste au moment où Benjamin, Arnuldo et Ravenich en sortaient. Je repoussai mes cheveux en arrière, inspirai à fond.

— Messieurs.

Le silence se fit.

Benjamin me regarda froidement dans les yeux.

— Causes naturelles ?

J'écartai les mains.

— Jargon professionnel.

Benjamin remarqua mes bosses et mes bleus.

— Vous m'avez l'air un peu cabossé.

Mon œil me semblait être en surpoids.

— C'est l'humidité, dis-je.

Quelque chose avait pris un drôle de tournant, je le sentais.

— Tout va bien ? demandai-je.

— J'ignorais que M. Salt était si vieux, monsieur Henry.

Derrière Benjamin et Arnuldo, Ravenich haussa les épaules en douce.

Quel corps avait-il exposé ? Je me grattai le menton. Là où finit le savoir, naît la philosophie.

— L'âge est une question de point de vue, m'a-t-on dit.

— Peut-être. Vous ne m'aviez pas dit non plus qu'il était noir.

Ravenich ne souleva qu'une épaule.

Tête de *fibissedah* faisait de son mieux pour rester nonchalant.

— Vous aviez beaucoup trop de classe pour demander, monsieur Benjamin. Oh, et par ailleurs, il est cubain.

Placez un homme sur un piédestal, et il y a des chances qu'il y reste. Ce fut donc là que je le laissai.

Arnuldo me regarda par en dessous et, lentement, se passa un doigt en travers de la gorge.

Les yeux de Benjamin lui sortaient des orbites.

— Monsieur Ravich me dit que c'était un musicien, grogna-t-il entre ses dents.

Heu… c'est cela, oui… Les musiciens noirs se tapaient des Blanches à tire-larigot. Cette bonne vieille magie noire…

Le visage de Ravenich n'était plus qu'un masque.

J'acquiesçai à l'intention de Benjamin.

— Monsieur Ravenich a raison. C'était un musicien.

Finalement, il ne resta plus de place que pour la paix amère ou la douce violence. Benjamin déglutit longuement, hocha la tête et gagna sa Silver Cloud, Arnuldo fermant le ban.

Ravenich et moi les regardâmes partir. Je me tournai vers lui.

— Tu as failli me griller comme du bacon. Vieux ? Noir ?

— C'était ça ou prétendre que Tom Salt était en fait une femme. Du Salvador.

— Quel âge avait le gars que tu as exposé ?

— Aussi vieux que Benjamin.

— Merde. Et comment il s'appelait, ce mec ?

— Charles James. T'as jamais entendu parler de Charles James ?

— C'était un musicien.

Ravenich le confirma d'un signe de tête.

— Il jouait de l'harmonica. Style Little Walter. Un type de Milwaukee.

Je lui tendis un billet de cinquante.

— Fais livrer des fleurs pour la cérémonie, d'accord ?

Ravenich examina la figure d'Ulysses S. Grant.

— Heu… cinquante dollars, c'est le bouquet économique.

J'avais eu ma dose.

— Nom d'un chien, Billy, contente-toi de lui faire envoyer des fleurs, à ce type.

CHAPITRE 31

SES LÈVRES ET SA LANGUE

Arnuldo guida la Silver Cloud jusqu'à la 10 et traversa la ville à un cent trente kilomètres-heure super cool. Le cadavre d'un Noir ne cadrait pas dans l'histoire. Et ce connard de Dick Henry était un imposteur. Couvrait-il Judy ? Sortait-il avec elle ? Aucune importance. Si leurs chemins se croisaient de nouveau et si l'occasion se présentait, les jours de ce type étaient comptés.

Il lança un coup d'œil à M. Benjamin dans le rétroviseur. L'homme souffrait.

Eh bien souffre. *Magdusa*[1].

***

Arnuldo se souvenait du soir où il avait eu sa première vraie conversation avec Mme Benjamin. Toutes leurs rencontres précédentes avaient été fortuites et formelles. Il n'y avait pas de bénéfice concevable à parler à la femme de monsieur B., il s'en était donc abstenu.

Ils s'étaient retrouvés dans la cuisine. Tous les autres employés étant absents et M. Benjamin parti à San Francisco pour affaires, elle lui avait demandé de lui faire un sandwich.

Il lui avait préparé un bacon-laitue-tomate avec de l'avocat finement tranché au moyen de son cran d'arrêt aiguisé comme

1. « Souffrir », en filipino.

un rasoir, ils en étaient venus à bavarder, il s'était retrouvé à lui raconter son histoire.

Il lui avait parlé de Tondo et de sa mère. D'Olongapo City, de Delia, de M. Dinkins, du voyage au paradis. De l'appel téléphonique qu'il avait reçu quatre ans plus tard. Lui apprenant que Delia avait été brûlée vive dans un accident de voiture impliquant un automobiliste roulant à contresens sur l'autoroute.

Comme il avait aimé Delia ! Avec un amour d'une ferveur et d'une qualité qu'il ne pourrait jamais monter à la lumière du jour. Son dernier contact avec sa patrie. Et même si elle ne l'avait pas aimé, n'avait pas voulu voir l'orbe brûlant dans sa poitrine, c'était une gentille fille, ce qui n'était pas rien.

Puis, quelques mois après son décès, Dinkins avait péri en mer. Il était tombé par-dessus bord pendant la traversée de Long Beach à Pearl Harbor. Le *USS St Louis/LKA 116*. Un cargo amphibie. La mort avait été attribuée à une cause accidentelle. Mais Arnuldo n'était pas dupe. M. Dinkins était mort d'avoir eu le cœur brisé. La mer était simplement le lieu de son repos.

Les morts de Delia et de M. Dinkins avaient coupé tout lien affectif, l'avaient libéré, libéré de tout espoir, libéré de toute obligation humaine. Il avait étreint le vide.

Tandis qu'il relatait leurs morts, les larmes étaient montées aux yeux de madame B., dont la main, par hasard, avait touché la sienne.

Sauf que ce genre de hasard n'existe pas.

Avec une subtilité mutuelle infinie, cet effleurement s'était mué en petites pressions. Pendant qu'il lui abandonnait sa main, et qu'ils se regardaient dans les yeux, il s'était produit quelque chose. Lentement, très lentement, elle s'était penchée par-dessus la table et lui avait déposé un léger baiser, un très léger baiser sur la bouche. Le baiser suivant avait été plus profond et plein de passion.

Il savait pertinemment qu'il n'aurait pas dû, qu'il ouvrait la voie à de gros embêtements. Mais Arnuldo il était, de Tondo, parti de rien, voué à la solitude, son destin étant de jeter aux quatre vents le peu qu'il amasserait.

Le coup à la porte qu'il avait tout à la fois anticipé et craint avait été frappé à 23 h 30. Il ne trouvait pas le sommeil. Il avait pourtant fait semblant d'en émerger quand il était allé ouvrir et qu'elle était entrée directo.

Au fil de la soirée, ils avaient fait l'amour de toutes les façons possibles. Il était même allé jusqu'à descendre entre ses cuisses et à lui donner du plaisir avec ses lèvres et sa langue. Une première pour lui. Une pratique qu'il abhorrait crûment en compagnie de ses potes bruts de décoffrage de National City. Apparemment, il s'en était pas mal sorti.

Depuis ce jour, il était devenu son esclave consentant. Et depuis ce jour, tel un cancer se propageant à partir d'une seule cellule maligne, il s'était mis à haïr M. Benjamin.

La Silver Cloud quitta la 10 à La Cienaga et continua vers le nord.

— Arnuldo.

— Oui, patron ?

— Prends Sunset, arrête-toi au Liquor Locker.

— Oui, patron.

CHAPITRE 32

DU REPOS POUR LES MÉCHANTS

Je repartis du funérarium O'Halloran et n'ayant pas envie de prendre l'autoroute, passai par les rues ordinaires et finis par arriver chez moi. Du plus profond de mon âme, j'aspirais à l'absolution provisoire du sommeil. Au moment où je donnais un tour de clé, j'entendis une voix.

— Salut, Dick.

C'était Lynette.

Cette nuit-là, alors que je pensais que tout était fichu, nous reprîmes les grooves du septième ciel. Nous voguâmes ensemble ; les mots étaient superflus. Peut-être n'avions-nous pas d'autre endroit où aller. Nous fîmes l'amour lentement, ma lassitude s'envola et l'univers redevint un endroit bienveillant. Nous restâmes allongés dans le noir et je ne voulais rien, et ne manquais de rien. Il n'y avait pas de passé, pas d'avenir. Rien d'autre que ce moment de paix absolue. La plus légère des brises venait du jardin, j'en sentais le souffle silencieux aller et venir sur mon visage. Les grillons faisaient leur boulot, j'avais fait le mien, tout allait aussi bien que ça pourrait jamais aller.

CHAPITRE 33

LE RÊVE DE PATRICIA

Ce n'était pas un grand rêve, mais elle y avait travaillé. À présent, de nouveau, la petite Patricia Anne Nagle, onze ans, montait sur scène dans la salle paroissiale de Sainte-Cécile. Tandis que ses mains descendaient doucement vers les touches, un sentiment d'heureuse assurance l'envahissait, de la racine des cheveux jusqu'au bout des orteils. Elle avait répété *Für Elise* un nombre incalculable de fois. C'était presque comme si elle avait composé la lettre elle-même.

La musique se déployait dans la salle et les cœurs de tous ceux qui l'entendaient la suivaient ; on était réconforté et transporté en un lieu au-delà du malheur et du désarroi. La mathématique limpide et évidente de la mélodie et de l'harmonie s'emparait des quelques centaines de personnes dans l'assistance et les redistribuait en une unique entité. Et cette entité retenait son souffle et se préparait pour la douce agonie du final.

Patricia Anne exécutait le dernier accord puis, exactement au bon moment, levait les mains du clavier.

Dans ce silence béni et parfait tombait l'approbation de la foule. Elle s'écrasait dans le vide, puis se projetait contre les murs, s'y répercutait, tout le monde se levant, applaudissant, acclamant, sifflant, criant. Et au premier rang se trouvait une belle dame, debout, la plus fière de tous. La belle dame avait des yeux noisette, orbes rayonnant de tendresse et d'amour, et ces yeux magnifiques restaient exclusivement fixés sur Patricia Anne.

La belle dame était sa mère et le bonheur suprême de cet instant unique imprégnait l'être entier de Patricia Anne, le diluant dans la joie, le rendant inaccessible à la honte, à l'abjection, à la désillusion.

***

Parfois, elle se repassait encore et encore son rêve, remontait de nouveau sur scène dans le fragile silence de l'anticipation. Cette fois, elle se leva, baissa les yeux sur Dick Henry, puis alla à la cuisine se servir un verre d'eau.

L'eau coula sur ses doigts. Dans la réalité, les souvenirs qu'elle avait de sa mère étaient rares, images qui lui revenaient par flashs ici et là. Puis il y avait le lot de fictions composites et bâtardes, de vrais souvenirs amalgamés à ceux d'autres lui racontant leurs versions de ce qu'ils pensaient qu'elle avait vécu.

Ce soir-là, son père l'avait fait venir dans sa chambre. Elle avait six ans. Ce jour-là était flou ; elle n'arrêtait pas de faire des caprices pour une raison ou une autre, refusant d'en prendre son parti.

— Je vais te donner une bonne raison de pleurer, Patricia, lui avait-il dit, ses mains lourdes posées sur ses épaules. Maman est au paradis.

Richard Nagle regardait sa fille. Sa vie avait volé en éclats à 11 h 16 ce matin-là. Comment allait-il le dire à Patricia ? Comment allait-il lui ouvrir les portes du pire jour de sa courte existence ? Elle levait les yeux vers lui.

— Maman est montée au paradis, avait-il répété lentement.

Il avait l'impression qu'elle ne comprenait pas le sens de ses paroles.

— Elle revient quand ? avait demandé Patricia Anne.

Maintenant, l'eau était froide. Elle emplit le verre et le but entièrement. L'eau de Los Angeles était une des meilleures du pays. Il n'empêche que des millions de citoyens de cette ville buvaient de l'eau en bouteille, jouets d'une illusion de masse de plusieurs milliards de dollars selon laquelle c'était meilleur. Les preuves de la pureté relative de l'eau du robinet restaient sans effet. Barnum avait bien raison : des pigeons, il en naît tous les jours.

Et ça ne s'arrêtait pas là. Il y avait aussi l'écœurante et effrayante escroquerie tragicomique de ce monde sans amour. Que personne ne voulait admettre.

Chaque visage sans exception, le visage d'un menteur. Chaque menteur revendiquant la vérité. Il n'y avait pas de mérite, mais des réseaux. Il n'y avait pas de bons moyens, il y avait des moyens. Le moyen visible signifiait qu'on avait des amis, le moyen occulte qu'on utilisait l'argent, le moyen détourné qu'on se débrouillait comme on pouvait. Personne n'était droit, rien n'était vrai, tout le monde était malhonnête, tout le monde palpait, tout était à vendre. Mais au plus haut niveau de ce jeu, celui où l'on est manucuré, pédicuré, shampouiné, rasé et sucé, on n'admettait jamais, au grand jamais, que c'était un jeu. On jouait le plus sérieusement du monde en s'assurant que ses boutons de manchettes scintillaient.

Elle retourna dans la chambre et baissa les yeux sur Dick Henry. Son corps était bien conservé et son visage ridé, mais on y voyait toujours le gamin. Il avait dû être troisième base au baseball, un truc dans le genre. Le « coin chaud », disait-on. Hé, le batteur, le batteur !

C'était encore un gosse. Il n'avait pas vu que tout était faux, un jeu, une escroquerie, une ruine.

Elle se remit au lit et s'allongea à côté de lui, huma son odeur, régla sa respiration sur la sienne. Existait-il une possibilité minime, infime, microscopique que ce jeu n'en soit pas un ? Que ce soit réel ? Que l'amour ne soit pas juste une illusion d'optique ?

Elle appuya le front contre l'épaule de Dick Henry, posa la main sur son avant-bras.

Puis ferma les yeux.

CHAPITRE 34

TOM SALT EST MORT

Artie Benjamin regardait le jardin derrière sa maison, satisfait. L'eau projetait en cadence sur la pelouse des arcs, fragmentés en éclats de diamants de toute beauté par le soleil de cette fin de matinée. Rouges, orange, jaunes, verts, bleus, indigo, violets à la Roy G. Biv. Un cocktail qu'on n'a pas envie de boire.

Et où était donc allée Judy hier soir ? Bah, qu'elle aille se faire foutre. Ça, il avait du nouveau pour elle.

Comment s'était-il autorisé à l'épouser ? Il détestait se retourner sur le passé, mais ne pouvait pas s'en empêcher. La cour qu'il lui avait faite – la cour, oui – avait été digne d'un film. Une suspension volontaire de l'incrédulité. Sauf qu'il avait payé du pop-corn au prix du homard. Et une fois qu'il s'était écoulé suffisamment de temps pour qu'il puisse regarder en face la vérité et celle dont il avait fait sa troisième épouse, voilà qu'il se retrouvait dans la merde jusqu'au cou. Pourquoi ? Parce que Arthur Benjamin, ainsi que son père le lui avait balancé des milliers de fois, était aussi con que le jour était long.

Même sa mère le prenait pour un imbécile. Bah, qu'ils aillent tous se faire enculer. Sa mère, son père, Judy, ses oncles et le reste. Arthur Andrew Benjamin s'était fait cinquante millions de dollars à lui tout seul.

Judy était rentrée sur les rotules à 5 heures du matin. Avait dormi derrière sa porte close. À présent, il entendait ses pas dans l'escalier. La grande horloge du salon sonna onze coups.

Et elle fit son apparition. Dans ce long peignoir de soie vert qu'il avait acheté à un prix pas possible. Soie cantonaise. Mais comment savoir ? C'était peut-être de l'orlon de Santee Alley.

Elle fumait une cigarette et tenait le journal. Il avait beau savoir tout ce qu'il savait, sa pure beauté, sa pure beauté effrayante lui faisait de l'effet. Si seulement elle l'aimait.

Judy, sans un mot, s'assit à l'autre extrémité de la très longue table de cuisine. Repoussa une boucle de cheveux bruns de son visage. Agnalcia lui servit son petit déjeuner ; il regarda Judy l'ignorer complètement.

— Café, dit-elle au dos d'Agnalcia.

Pas un coup d'œil vers lui. Vers l'homme qui fournissait tout. Dont acte. Puisqu'elle ne parlait pas, lui non plus. Il avait sa fierté, et le silence en était le prix.

Mais au bout d'un moment, il n'y tint plus.

— Bonjour, ma chère, lança-t-il d'une voix chantante et profondément mensongère.

Elle ne leva pas la tête. Elle tira une bouffée de sa cigarette. Agnalcia apporta le café.

— Crème, dit Judy au dos d'Agnalcia.

— Je ne t'ai pas entendue rentrer hier soir, chérie.

Pas la moindre réaction. Malgré sa toute dernière facture de chez Barneys avoisinant les six mille cinq cents dollars. Avec deux ou trois autres mille chez Kenneth Cole. Judy faisait naître en lui des sentiments qu'il aurait crus mutuellement incompatibles. L'envie le démangeait de lui démolir le portrait et, en même temps, il se sentait au bord des larmes, prêt à l'aimer, à l'aimer, oui.

— On a parcouru un long chemin depuis le jour de notre mariage, hein, chérie ?

— Va te faire foutre, Artie.

Elle fit tomber la cendre de sa cigarette dans ses œufs. Elle en avait marre qu'il lui rappelle tout ce qu'il avait fait pour elle. Sa profonde ingratitude.

Il contint sa colère.

— À tout hasard, tu as lu la rubrique nécrologique cette semaine ?

Elle ne leva pas la tête.

— Tu es déjà mort ?

— Très drôle. Je ne peux qu'en conclure que tu n'as pas vu la nouvelle.

Enfin, elle leva les yeux vers lui.

— Quelle nouvelle ?

— « Quelle nouvelle ? » la singea-t-il.

Elle avait horreur de ça.

Elle prit sa fourchette et la jeta vers les plans de travail de la cuisine.

— Un autre café !

Puis elle le regarda.

— Quelle pourrait bien être la nouvelle qui soit à la fois importante pour toi *et* importante pour moi ?

— Tu n'es sans doute pas au courant, chérie. Tom Salt est mort.

N'aurait-il rien su qu'il aurait cru qu'elle était sincèrement perplexe.

— Tom Salt ? Qui est-ce ?

La montée de fiel dans sa bouche se teinta d'une joie amère.

— Tom Salt est un fils de pute et il est mort. C'est tout ce qu'il te faut savoir.

Elle continua de feindre l'ignorance.

— De quoi est-il mort ?

Benjamin traça des guillemets en l'air.

— De causes naturelles.

Artie Benjamin était franchement idiot, mais cette histoire de Tom Salt la laissait franchement perplexe. Elle regarda son mari. « Mari ».

— Y a-t-il quelque chose que je devrais comprendre ? Qui est Tom Salt ? Tu as des CD de lui, c'est ça ?

Aha. Ravich avait dit vrai. Salt était bel et bien musicien. Eh bien, cet enfoiré de petit Black avait joué le dernier de ses blues cafardeux.

Benjamin s'enfonça dans son siège, croisa les bras sur sa poitrine et hocha la tête.

— Tu sais que tu es impayable, toi ? Tu es bien meilleure actrice que je ne pensais.

Elle le regardait toujours d'un air médusé.

— Mais ça ne change pas la vérité, ajouta-t-il.

Elle renonça. Il parlait par énigmes.

— Écoute, je ne suis pas extralucide. De quoi parles-tu, nom de Dieu ?

Elle écrasa sa cigarette dans la coupelle à fruits.

Benjamin se sentait d'un calme froid. L'homme fait ce qu'il a à faire.

— Je vais donc te répéter la nouvelle, salope. Tom Salt est mort. Et ce n'est pas un accident.

Judy se leva, envoya valdinguer son assiette sur le comptoir, l'assiette tomba et se fracassa par terre sur le marbre italien en un méli-mélo à l'œuf.

— Et alors, Artie, que veux-tu que je te dise ? Allez vous faire mettre tous les deux.

CHAPITRE 35

INCURSION

Hodgekiss était une âme en peine avec un petit bureau dans South La Cienaga Boulevard, au-dessus de la 10. Il était graphologue, expert en écriture, ce qui signifiait qu'il détestait tous ses pairs. Ce n'étaient tous que des incompétents aveugles et corrompus qui, comme des vers, creusaient leurs galeries dans le terreau meuble d'une science imprécise mise au service du système judiciaire. Heureusement pour les citoyens, lui, Carl F. Hodgekiss, avait ouvert des consultations générales.

Je n'étais pas arrivé jusqu'à Hodgekiss grâce à sa réputation. C'était un partenaire de poker de Myron Ealing. Perdant sur lequel on pouvait compter, il fournissait un assortiment de sandwichs de chez Costco.

Hodgekiss examina les lettres Francie/Tillman et l'adresse de la mission de Linscomb aux Philippines.

— Alors, qu'en pensez-vous ?

Je lui avais parlé de l'ambidextérité de Linscomb.

— Ma foi, monsieur Henry, je dirais que c'est une forte possibilité. À quatre-vingts pour cent. On ne peut pas exclure que ce soit lui.

Ce qui est le mieux qu'on obtienne en matière d'analyse graphologique. J'avais lu des trucs sur l'affaire JonBenét Ramsey. Cinquante experts avaient juré que c'était Patricia Ramsey, la mère de cette fillette, qui avait écrit le mot exigeant une rançon.

Quarante-neuf autres, tout aussi catégoriques, avaient traité ces cinquante-là d'abrutis égarés.

Conclusion : si on ne voit pas réellement quelqu'un rédiger le document en question, se pose toujours la question de son auteur.

Mais Linscomb pouvait, effectivement, avoir écrit ces lettres.

Je rappelai mes vacataires de leur mission sur le terrain. Ce soir-là, Bobby et Lenny passèrent chez moi, porteurs d'une semaine d'informations sur Linscomb.

Linscomb menait une vie tranquille. Pas de visiteurs. Il aimait la cuisine thaï. Faisait ses courses au Smart & Final. Achetait chérot de la tequila au Liquor Locker. Faisait de la marche dans le parc de Runyon Canyon, jusqu'à Mulholland Drive, aller et retour.

Le mercredi, à l'heure du déjeuner, il se procurait deux cents grammes de cannabis médical dans une pharmacie de Santa Monica Boulevard, à West Hollywood. Il le faisait tous les mercredis. Ce jeudi soir-là, à 22 h 47, il était tranquillement sorti de chez lui, avait démarré sa Honda Civic blanche tout dernier modèle, négocié la série de virages de Laurel Canyon Boulevard jusque dans la vallée. Puis il avait roulé vers le nord et vers l'est, à destination des Barracks, un sauna gay à North Hollywood juste derrière le Circus Liquor. À 2 h 17, il regagnait ses pénates ecclésiastiques. À 9 h 00, il ressortait de son appartement et faisait les cinquante pas qui le séparaient du presbytère et reprenait ses devoirs envers le Christ.

Toutes ces informations ne prouvaient rien ; ni ne le lavaient de tout soupçon.

— C'est un pirate de culs, Dick, dit Bobby en donnant un coup de coude à Lenny.

— Un pirate de culs pour le Christ, résuma Lenny, plié en quatre.

— Vivre et laisser vivre, dis-je en guise de conseil. Ça fait plus de minous pour le reste d'entre nous.

Quand ces gars auraient un peu plus vécu, ils apprécieraient sans doute le concept du « Qu'importe ce qui te fait tenir jusqu'au matin ». Chienne de vie, de tous ceux qu'on aimait on serait séparés, puis on mourait. Alors, quelles que soient les compensations qu'on trouvait, tant qu'on ne faisait pas de mal à des gosses, ça m'allait.

Mais ces distractions, on les payait. J'avais payé. Pendant ces longues nuits vides au cours desquelles j'avais cherché le réconfort additionnel des putes, j'avais délaissé la compagnie de Georgette.

Il paraît qu'il existe un endroit où il est possible d'avoir le beurre et l'argent du beurre. L'Europe. Mais ça faisait loin de Los Angeles, la ville la plus moderne du monde et qui pullule, des bords de l'océan aux sommets des montagnes, de charlatans moralisateurs. Et donc, de la prédicatrice des années 20 Aimee Semple McPherson aux télévangélistes d'aujourd'hui qui fument de la meth et enculent des boy-scouts, la nature humaine se manifestait, implacablement, dès que le soleil se couchait.

Je n'étais pas mécontent de penser que le prochain scoop minable qui ferait la une avait déjà eu lieu. D'inquiets quidams s'empressaient d'ores et déjà de le couvrir.

Mais la couverture ne fonctionnerait pas, le hideux furoncle se percerait et les présentateurs télé écumeraient bientôt d'une indignation reconnaissante, déclamant la mort de toutes les convenances.

Au fond, l'Europe elle aussi me laisse sceptique. Parce qu'elle est peuplée d'êtres humains, et que les êtres humains, où qu'ils soient, sont jaloux, méprisants, ingrats et envieux. Mais aussi aimants, adorables, attentionnés et généreux.

C'est un grand bazar. Raison pour laquelle on a besoin, de temps à autre, de l'Expéditif. Pour y remettre de l'ordre.

***

Le samedi soir à minuit, Lenny et Bobby me téléphonèrent des environs du Circus Liquor. Linscomb venait d'entrer aux Barracks.

Parfait. Je roulai jusqu'au bas du Laurel Canyon, me garai dans Vista Boulevard, au nord d'Hollywood. Ce n'étaient pas ses vices que je désapprouvais. C'était le fait que ces vices coûtaient cher, qu'il ne pouvait probablement pas les satisfaire avec un salaire d'ecclésiastique. Je pénétrai dans son appartement sans problème, et commençai à fureter à droite et à gauche.

Linscomb était d'une propreté irréprochable : une place pour chaque chose. Et il ne faisait aucun doute que son esprit était tout autant compartimenté. C'était sans doute ainsi qu'il excusait certains comportements.

Dans son vieux bureau à cylindre, dans un des petits tiroirs en pigeonnier, je tombai sur un paquet de poudre blanche et de verdure odoriférante. Puis, soigneusement rangée dans un des six casiers verticaux, en écho à la légendaire lettre volée, je trouvai ce que je cherchais. Une enveloppe en papier kraft étiquetée *La Ballade de Franklin Tillman.*

Non seulement il y avait là les copies des lettres que j'avais lues au Farmers Market, mais aussi la brève ébauche d'un texte de fiction sur l'évolution de la relation entre un vieux monsieur solitaire et la femme avec qui il entretient une correspondance – sauf que cette femme est en réalité un jeune homme solitaire déguisé. L'auteur se posait la question de sa forme définitive. Pièce ? Scénario ? Roman ? Et la fin n'était pas encore complètement fixée. En cours de conception. Mais ce serait poignant et émouvant.

J'essuyai une larme. Ce que l'auteur ne savait pas encore à ce moment-là, tandis qu'il se prenait une grosse bite à North Hollywood, c'est que Dick Henry, l'Expéditif, le plus improbable des auteurs, la lui avait concoctée, cette fin.

CHAPITRE 36

JERRY JOUE LES BONNES CARTES

Jerry Shunk se regarda dans la glace. Sheila les Gros Lolos avait dit vrai. Le salon Sept Sept était l'endroit où aller. Comment la Noire avait-elle appelé cette teinte de cheveux, déjà ? Quelque chose Montana ? Ah oui : Fumée du Montana.

Oui, il faisait cinquante-cinq ans. Mais cinquante-cinq ans cool. Cinquante-cinq ans énergiques. Au-delà des traces du passage du temps, qui donnent à certains du caractère et à d'autres de l'âge, il distinguait encore le jeune homme nourri d'idéaux. Bien sûr, ses idéaux avaient été jetés aux orties depuis belle lurette. Ses idéaux étaient comme les vêtements qu'il portait à l'université Cornell : beaucoup trop étriqués et sérieusement démodés. Pantalons en velours, larges ceintures, boots en daim, et conviction qu'un homme seul peut changer le monde.

Un homme peut changer la donne, bien sûr, mais encore faut-il que beaucoup de canards soient alignés au moment précis où la main trouve le pistolet, vise et tire. La synchronie de ces phénomènes était un cauchemar statistique. Et après, il faut encore toucher quelque chose. Il existe un homme sur qui on peut compter pour faire toute la différence. Papa. Son papa. Son riche papa. Le père de Shunk était pharmacien. Et les pharmaciens gagnaient que dalle.

M. Rutledge était le premier homme dont Shunk avait réécrit le testament à titre posthume. Rutledge n'ayant pas de parents vivants, tous ses biens seraient revenus à l'État. Un gâchis stupide, criminel. L'État payait des milliers de dollars pour des abattants de toilettes[1], des centaines pour un clou.

Donc, qu'avait-il fait ? En langage réaliste, il avait redistribué du capital. Goutte à goutte[2]. Où était-il allé ? Au public. Il avait servi à employer d'autres personnes, lui avait procuré un minimum de plaisir à mesure qu'il lui glissait entre les doigts. Comme dans l'histoire de l'Irlandais qui, au moment de mourir, demande à son ami le plus cher de vider une bouteille de whisky sur sa tombe. L'ami cher accepte mais demande s'il ne pourrait pas d'abord la filtrer par ses reins.

Shunk s'était marié deux fois et avait divorcé deux fois, toujours déçu par la femme derrière le maquillage. Mais pas aussi déçu qu'elles l'étaient par lui. Des garces. Aveugles aux réalités de la vie. Aveugles au fait que l'homme doit assurer dans un monde où avoir de la conscience est un handicap. Donc, exit Judith et Devorah, qui avaient repris leur innocence et leur liberté – mais avec une pension alimentaire suffisante pour maintenir une qualité de vie raisonnable.

Il s'était spécialisé en droit familial, puis gérontologique. De temps à autre, mais pas assez souvent pour établir un mode opératoire ou éveiller les soupçons, un vieillard reconnaissant, et pas sous le joug de parents cupides, faisait de lui son légataire universel.

Et très, très, très rarement, et l'überantique Mme Cutler de la Fairfax Convalescent en était peut-être le meilleur exemple, il accélérait doucement la sortie en leur abrégeant des misères inutiles. Le coup de l'oreiller en duvet de canard chinois.

Il s'aspergea d'eau de Cologne Armani. Soixante-quinze dollars les cent millilitres. Devorah le surnommait Mister Aqua Velva. Qu'elle aille se faire mettre.

***

1. Allusion à certains budgets de l'armée de l'air.
2. Allusion aux thèses de Reagan.

Shunk connaissait Artie Benjamin depuis la fac. Avait négocié pour lui deux ou trois divorces et une demi-douzaine d'avortements. Puis sa réussite soudaine dans le porno. *Buffalo Bill à Hollywood.* Que quelques trouducs assimilaient à de l'art.

Ce qui menait au troisième mariage d'Artie, avec la pole danseuse de Vegas. Judy avait appelé Shunk deux ou trois ans après la lune de miel pour lui demander de l'inviter à déjeuner. Il s'était exécuté. Elle avait sans doute rayé la Rolls d'Artie.

Il y avait un petit bistro sympa dans Hillhurst Avenue, vers Franklin Avenue. Au bout de vingt minutes en compagnie de Judy, il haïssait Artie. Parce qu'il l'enviait à mort. Judy avait une bouche à faire pâlir de honte un marin, mais elle était sauvée par une insouciance contagieuse. Jamais il n'avait rien tant désiré que cette femme.

Après le déjeuner, elle lui avait demandé de monter jusqu'à Griffith Park. Ils avaient allumé un joint et regardé tourner le manège. Seulement quelques mômes et leurs sombres nounous. C'est alors qu'elle l'avait surpris.

Elle avait commencé à déboutonner son corsage. Ç'avait pris du temps, ledit corsage semblant avoir quatre-vingt-cinq boutons. Puis elle l'avait ouvert et lui avait montré le balcon. Elle n'avait pas besoin de soutien-gorge, et d'ailleurs elle n'en portait pas. Il n'avait jamais rien vu d'aussi incendiaire que ces petits mamelons bruns dressés vers le haut. Avec le pouce, elle en avait caressé un qu'il avait regardé durcir.

— Suce-moi les tétons, lui avait-elle dit en les lui offrant.

Oh, Dieu du ciel, et comment !

Puis elle avait avancé la main entre ses jambes et, chose incroyable, la lui avait libérée. Et, en le regardant droit dans les yeux, elle s'était humecté les lèvres, avait basculé le buste vers l'avant et positionné sa bouche pulpeuse autour de sa verge.

Soixante intemporelles secondes plus tard, il expérimentait l'orgasme le plus intense de sa vie. Quand il avait rouvert les yeux, il avait été étonné d'avoir encore une colonne vertébrale.

Elle le regardait, tout sourire.

— Personne ne t'avait encore jamais taillé une pipe, Jerry ?

Non. Ça non. Pas comme ça.

— Qu'est-ce que tu veux ? avait-il chuchoté en se secouant pour reprendre son souffle.

Elle avait ri.

— J'ai besoin de ton aide.

— À quel sujet ?

— Au sujet du testament d'Artie.

— On dirait bien que tu as déjà un plan.

— En effet.

Il sourit à son reflet dans la glace. La garce sanguinaire. Et plus jamais, depuis ces soixante secondes en paradis, cette garce n'avait posé le doigt sur lui.

Eh bien, aujourd'hui pourrait bien être le grand jour. Il avait des informations qui changeraient sa vie. Il avala un Cialis.

***

Cette fois, ils se retrouvèrent pour déjeuner en centre-ville, au Café Merlot. Elle était en retard, mais le retard est la province des belles femmes. Puis elle arriva. Il vit des têtes se tourner, et lut dans leurs petites pensées jalouses.

Regardez-la ! Dieu du ciel ! Quelle femme ! Regardez-moi ce balcon ! Et qui est le type avec elle ? Mince, je crois bien que c'est Jerry Shunk ! Ça ne peut pas être Jerry Shunk ! Qu'est-il arrivé à Jerry Shunk ? C'est bel et bien Jerry Shunk ! Que fait Jerry Shunk avec une fille pareille ? Shunk doit avoir du jeu ! Shunk a du jeu !

Il se leva pour l'enlacer, sentit sa poitrine s'écraser contre la sienne. Il lui présenta une chaise, et elle s'assit.

Elle commanda des amuse-gueules chers et pignocha. Ce qui, chez lui, heurta sa frugalité naturelle, mais, bon Dieu, elle était incroyablement belle.

Et ce foutu Cialis entrait en action un peu tôt. Ce n'était pas le moment de bander comme un cerf pendant cinq heures. Enfin, c'était trop tôt. Il n'allait pas pouvoir se lever sans deux exemplaires du *Los Angeles Times*. Mais il n'appellerait pas non plus son médecin. Il baiserait Judy, une demi-douzaine de serveuses, et une ou deux courgettes. Seigneur, il avait une roquette dans sa poche. Et il avait appris quelque chose. On ne peut pas arriver à bander avec de la parlote quand c'est nécessaire, ni l'inverse non plus : on ne peut pas débander avec de la parlote quand ce n'est pas le moment. Si ça, ce n'était pas la quintessence de la vie, rien ne l'est. D'où la tragédie de la vie.

— Ça va, Jerry ? demanda-t-elle.

Le ringard aux cheveux bleutés manigançait quelque chose.

— Très bien, chérie.

Son balcon lui aspirait les yeux. S'il était un rien plus près, il loucherait. Il devait se concentrer sur un point au-dessus de son épaule. Avec quoi jouait donc ce moineau… avec une capote, bordel ! Le moineau, là-bas dans le ficus, jouait avec une capote usagée. Doux Jésus. Cochons de piafs. Ils picoraient n'importe quoi.

Judy avait l'air agacée. Elle repoussa ses amuse-gueules.

— Jerry. Dis-moi ce qui est si important que nous ayons dû venir ici.

La salope. La sublime salope.

Il la regarda droit dans ses yeux verts et mentit en déroulant prudemment le premier fil de l'histoire qu'il avait créée.

— J'ai reçu un appel d'Artie. Il veut commencer la procédure.

— C'est mauvais, hein ?

— C'est mauvais.

— Quand ce contrat de mariage prendra-t-il effet ?

— Quand il sera déposé au tribunal. Et tu auras tes deux cent mille dollars. Une misère. Mais rappelle-toi… (Ça, c'était le meilleur.) Un contrat de mariage n'est exécutoire qu'au divorce. S'il devait avoir un accident pendant la durée du mariage…

On y était.

Devant les eaux calmes, glacées et tentatrices du Rubicon. Le cliquetis des couverts et les braillements des conversations refluèrent dans le néant. Au bout d'une courte éternité, elle parla.

— Combien de temps avons-nous ?

« Nous. » Jerry regarda son visage parfait. Salope, sanguinaire et cupide. Quelle heureuse coïncidence. Et en plus, elle pourrait être à lui. S'il jouait les bonnes cartes.

— Un accident après le dépôt au tribunal, ça la ficherait mal.

Il haussa les épaules. Eh oui. Si Artie avait un accident pendant le mariage… seul le testament prévaudrait. Seul le testament. Et il l'avait soigneusement et subtilement réécrit.

Judy lui prit les mains. Elle pleurait. On aurait dû inventer un mascara résistant aux larmes depuis le temps. Sauf que les larmes étaient une arme. On ne renonce pas aux armes.

Elle se tamponna les yeux avec la serviette en lin blanche.

— Il y a des moments, si tu savais comme j'ai peur, Jerry.

Sa manière de prononcer son prénom lui donna l'impression qu'une langue lui passait sur le bout de sa queue.

— T'inquiète pas, poupée. Tout est prêt.

Oui, Judy chérie, le testament d'Artie est fin prêt. Peu importait qui ne ferait que passer, le gagnant serait Jerry Shunk. Mise parallèle de Jerry Shunk. Jamais trop exigeant, jamais trop gourmand, toujours gagnant.

— On partagera tout, hein, Jerry ?

— Oui, poupée. Tout.

Si tu n'es pas reconnue coupable de meurtre.

CHAPITRE 37

STAR DE SON PROPRE FILM

Cette fois, je me garai dans Sierra Bonita Avenue. Lenny avait appelé. Linscomb était de retour aux Barracks.

À 2 h 15, j'entendis ses pas dans l'escalier, puis la clé dans la serrure. Il entra dans l'obscurité silencieuse, alluma la lumière du vestibule, une petite lampe Tiffany à pied chandelier. Dans la base duquel il jeta ses clés. Il engagea la chaîne de l'entrebâilleur. Un soupir fatigué lui échappa. C'est au troisième pas qu'il fit en direction de la cuisine qu'il se rendit compte que quelqu'un était assis dans la pénombre à la table ronde en chêne.

— Seigneur Jésus ! souffla-t-il.

— Asseyez-vous, monsieur Linscomb.

Il resta immobile, figé en réponse combat-fuite.

— Ne filez pas, monsieur Linscomb. Parce que je vous rattraperai. Prenez un siège.

La fuite, réaction spontanée, avait été empêchée par l'inaction. Peut-être allait-il se jeter sur moi.

Non, il n'allait pas se jeter sur moi. La peur le paralysait.

— Je… je vais vous laisser sortir d'ici, dit-il. Comme s'il ne s'était rien passé.

Je me contentai de le regarder.

— Je vous laisse sortir d'ici, rectifia-t-il, en passant du futur au présent. Si vous partez immédiatement.

Je ne le quittai pas des yeux.

— Prends donc un siège et discutons. Ensuite, je déciderai de ce que je veux faire. Qui sait, peut-être que je voudrai te baiser grave.

Ses mains tremblaient.

Il s'avança, tira la chaise en face de moi de l'autre côté de la table et s'assit lentement.

— Je vous connais ?

Il me scruta.

— Mais oui, reprit-il, je vous connais.

— Le révérend Jenkins m'a dit que tu étais écrivain.

— Ouais, je vous connais. Je vais retrouver votre nom. Votre âme était en péril.

— Oui. Et maintenant, c'est tes fesses qui le sont, en péril. Moi, c'est Dick Henry.

Linscomb ouvrit les mains.

— Écoutez, mec. Je ne comprends pas où nos vies se rencontrent. Je pense qu'on a dû mal vous renseigner.

— Le point de rencontre, c'est Franklin Tillman.

C'était un bon direct du gauche dans le bide. Il cessa de respirer une fraction de seconde.

— Je ne vois pas de quoi vous parlez et…

— Ne m'insulte pas en jouant au con, Francie. Tu écris à Tillman, tu lui pompes du fric. C'est pour ça que je suis ici. Je représente les intérêts de M. Tillman. Je ne suis pas de la police, et j'en ai rien à battre de tes droits.

Le silence froid comme la pierre, le silence tactile de 2 h 30 du matin emplit la pièce.

Je fis glisser la liasse de lettres vers lui.

— Alors, dis-moi, tête de gode. Qu'est-ce qui t'a fait croire que tu pourrais baiser Franklin Tillman et t'en tirer sans encombre ?

Il s'humecta les lèvres, déglutit. Respira. Chuchota :

— Je sais pas.

— Moi, je sais. Tu crois que tu es plus malin que tout le monde et que rien ne t'oblige à respecter les règles.

La tête de Linscomb sombra dans ses mains.

— Si tu commences à sangloter, je te flanque la dérouillée de ta vie.

Linscomb recula, les yeux pleins.

— Il t'en reste, de son argent ?

— Heu… je… heu…

— Ne dis pas « Quel argent ? ». Des quatorze mille dollars, combien il t'en reste ?

— Heu… rien. Quelques centaines. Je les ai dépensés au fur et à mesure.

— Comment vas-tu te racheter auprès de lui ?

Autre silence. Au loin, plus bas dans Sunset Boulevard sans doute, une sirène se mit à gémir.

— Comment vas-tu te racheter auprès de lui, tête de nœud ?

Chuchotis.

— Je ne sais pas. Qu'est-ce que je dois faire ?

— D'abord, on y met un terme.

— D'accord. C'est terminé.

— Pas si simple. Tu vas lui écrire une dernière lettre.

— D'accord.

— De la part du frère de Francie. Il va écrire à Franklin et lui expliquer comment elle est morte.

— Morte ?

— Avec le nom de Franklin sur les lèvres.

Nous y consacrâmes les minutes qui suivirent. Tout en écrivant, il m'expliqua qu'écrire, c'est surtout réécrire, et il se lança dans de savantes considérations, mais ça ne prit pas.

— Ferme-la et écris.

Enfin, la lettre fut terminée.

— Quand déposes-tu les lettres pour Franklin ?

— Quand on reçoit le paquet de Manille.

— Ce sera quand ?

— Mardi prochain, dans ces eaux-là.

— Comment récupère-t-il ses lettres ?

— Je l'appelle. Il passe.

— Parfait. Tu feras en sorte qu'il reçoive cette lettre, puis tu démissionneras de ton poste le jour même et tu feras tes adieux le dimanche.

— Comme préavis, c'est court. Ce ne sera pas du goût du révérend Jenkins.

— Je devrais peut-être lui en toucher un mot.

Il accusa le coup.

— Non, dit-il.

Que fait-on d'une araignée dans une église ? On l'écrase sous son pied.

Mais Linscomb était d'humeur à se confesser.

— Vous savez, je n'avais jamais eu l'intention d'aller aussi loin. C'est arrivé tout seul.

— Rien n'arrive jamais tout seul. Montre-moi la photo qui a été à l'origine de tout.

Il me regarda d'un air surpris.

— Comment avez-vous deviné ?

— Contente-toi de me montrer cette foutue photo.

— D'accord.

Il se leva, gagna son bureau, ouvrit un tiroir, revint avec une photographie au format 18 x 24 et me la tendit.

Sept personnes agitaient la main devant l'entrée d'un bâtiment de deux étages baigné de soleil. Un crucifix, légèrement penché, était accroché au-dessus de la porte.

— Laquelle est Francie ?

Il montra une Philippine à l'air enjoué, vers la fin de la quarantaine.

Je souris intérieurement. Bien vu, Franklin. Alors comme ça, on aime la chair fraîche…

Il existe une formule qui permet de calculer la différence d'âge appropriée entre un homme et une femme. Si je n'avais aucune certitude quant à sa source, je ne doutais pas qu'elle soit d'origine masculine.

La moitié de l'âge de l'homme plus sept.

Autrement dit, Lynette était parfaite pour moi. Et pour Franklin, voyons voir… heu… soixante-dix-huit, trente-neuf…

heu… quarante-six. Francie pouvait avoir quarante-six ans. Bien vu, Franklin.

— Quel est son vrai nom ?

— Je ne suis pas sûr. Je crois que c'est Josie.

Il marqua une pause.

— Je n'avais encore jamais fait un truc pareil !

À d'autres.

— Vous savez, en un sens, je lui ai rendu service.

Le dégoût diminue à l'usage. Depuis le temps que j'étais en compagnie de Linscomb, je commençais à le prendre en pitié. Mais sa dernière remarque inversa le processus. Mon poing me démangea.

— En un sens, vous lui avez rendu service ?

— Oui, bien sûr. J'ai fait de lui la star de son propre film. *Franklin Tillman, Aventure à Manille.* J'ai offert à cet homme son dernier frisson.

Je voyais Tillman d'un œil un peu différent. Vétéran de la guerre de Corée, deux Purple Hearts. Un chef de famille, un ingénieur en mécanique chez Aerojet, un individu doué d'une conscience qui avait enduré les frondes et les flèches pour être un type bien dans un monde merdique. Et là-dessus, à l'église qui plus est, au soir de sa vie, il tombe sur Michael Linscomb.

L'heure du karma avait sonné.

Je frappai tel le serpent et, de ma main gauche, clouai le poignet droit de ce gus contre le plateau de la table. Puis, de la droite, je lui tordis le pouce à l'envers jusqu'au poignet. Il aurait pu être contorsionniste, mais il ne l'était pas. Il y eut un craquement sec et sonore doublé d'un hurlement.

Il retira vivement sa main, la tint haut en l'air. Son pouce pendouillait bizarrement, et il semblait que Linscomb n'en croyait pas ses yeux.

— Mon pouce. Mon POUCE ! Il est CASSÉ ! Vous m'avez cassé le pouce !

— Oui, je le confirme. Mais t'inquiète. Mon ami le docteur Clarke appellerait ça une simple fracture diaphysaire. De toute façon, tu es ambidextre, t'auras qu'à te servir de l'autre main pour écrire.

Je claquai des doigts.

— Et peut-être que tu pourras utiliser aussi ça dans un film. La suite d'*Aventure à Manille*. Tu pourras l'intituler *La Vengeance de Tillman*.

Je me levai, baissai les yeux sur lui.

— Si je te revois dans les parages dimanche, tête de nœud, ça ira très mal pour toi. Qui sait, tu feras peut-être partie de ces types qui apprennent à écrire avec leurs pieds.

Je quittai les lieux avant de l'écorcher vif.

***

Cette nuit-là, le révérend Jenkins avait été réveillé un bref instant par ce qu'il prenait pour un cri. Mais c'était impossible. Pas dans ce quartier. Il s'était tourné de l'autre côté. Il avait besoin de dormir le plus possible. Le lendemain matin, comme chaque matin, il célébrerait la messe de 5 h 30.

CHAPITRE 38

ROMPRE EST DIFFICILE

Voilà comment j'avais imaginé que ça allait se passer. Parce que ça devait arriver, pas moyen d'y échapper.

Il serait tard, disons 1 heure du matin. On frapperait à la porte. Je saurais que c'était elle. J'irais ouvrir et là elle serait tragiquement belle, tragiquement imparfaite. Avec ce sourire sur le visage. Elle entrerait et ferait comme chez elle.

Quoi de neuf, Dick Henry?

Je ne pourrais m'empêcher de sourire, mais ce sourire serait plein d'ombres, et elle le remarquerait.

Qu'est-ce qui ne va pas?

Tout va bien.

Quelque chose ne va pas.

Et alors, contrairement à la plupart de ces moments-là dans la réalité de ma vie, je dirais tout bonnement la vérité à cette femme.

Écoute. Tu le sais et moi aussi, je le sais. Ça ne marche tout simplement pas. Entre nous. On ferait mieux de tourner la page, cette fois.

Son expression confirmerait la véracité de mes dires.

C'est la rupture?

Je crois bien.

Eh merde. Je devais trouver mieux que « Je crois bien ».

C'est la rupture?

Oui.

Elle se laisserait tomber sur le canapé, jetterait son sac sur la table basse, s'appuierait contre le dossier, fermerait les yeux.

Les rouvrirait, ils seraient mouillés. Tu as raison, tu as raison, dirait-elle.

C'est mieux comme ça.

Je sais, oui.

Alors viendraient des déclarations de respect et d'admiration mutuels. Suivies de fallacieuses bonnes résolutions.

Peut-être qu'on se reverra.

Ouais. On ne sait jamais.

Dans un monde parfait, elle prendrait ses affaires, marcherait jusqu'à la porte. Que j'atteindrais avant elle pour l'ouvrir. Nous passerions tous les deux sur le perron. Comme c'est mon fantasme, je laisserais de la bruine tomber doucement, bruire dans les feuillages.

Elle se retournerait et me regarderait. Exception faite de ses yeux verts, ce serait un moment *Blue Eyes Crying in the Rain* de Willie Nelson.

Puis nous nous embrasserions. Un baiser profond et passionné, tranquille et salutaire. Chargé de souvenirs et d'échos d'amours fanées, offrant des visions chatoyantes et miroitantes d'horizons que nous ne verrions jamais.

Nous nous séparerions, nous regarderions dans les yeux.

Au revoir, Dick.

Au revoir, Machine.

Bien sûr, ce n'est pas ce que je dirais.

Au revoir, Lynette.

Elle pivoterait, descendrait les trois marches du perron pour rejoindre l'allée et marcherait jusqu'au portail. Sans jamais se retourner, elle l'ouvrirait, le franchirait, le laisserait se refermer derrière elle.

Je ne la reverrais jamais.

Notre rupture préluderait à mon ascension fulgurante vers la réussite et la renommée. Des amis communs la décrirait tristement, abandonnée, seule, s'acharnant à compiler un album de mes exploits.

Finalement, elle mourrait à Paris. Je veux dire, elle rendrait son dernier soupir… dernier soupir à Paris.

***

Elle frappa à 2 h 15. Je finissais juste de regarder un DVD de Preston Sturges, mon préféré de lui, *Infidèlement vôtre*. Son seul film pour la Fox. Rex Harrison, Linda Darnell, Rudy Vallee. Et le gang Sturges représenté par Al Bridge.

J'allai ouvrir, elle entra en coup de vent, un joint à moitié fumé mort entre ses doigts. Infidèlement mienne.

— Quoi de neuf, Dick Henry ?

Je souris. Nous nous embrassâmes du bout des lèvres. Elle jeta son sac sur la table basse. Puis elle inclina la tête, me regarda.

— Qu'est-ce qui ne va pas ?

— Tout va bien.

— Quelque chose ne va pas.

Rompre dans la vraie vie est beaucoup plus difficile qu'en répétition. On est assailli de doutes sur ses sentiments, on est envahi d'une compassion soudaine pour le partenaire sur le point de se faire larguer, de peurs soudaines quant aux conséquences. Et si c'était la goutte d'eau qui la pousse au suicide ? Ou à te faire sauter le caisson avec le pistolet de petit calibre que tu ignorais depuis toujours qu'elle transportait dans son sac ? Car on ne sait jamais ce qu'il y a dans le sac d'une femme.

— Écoute, commençai-je à dire, toi et moi savons que ça ne marche pas.

— Qu'est-ce qui ne marche pas ?

— Tu sais ce qui ne marche pas. On ferait peut-être mieux de tourner la page.

— De quel livre ?

— Tu sais de quoi je parle.

— Tu veux rompre avec moi ?

— Oui.

— Oh, fais pas chier, Dick.

Sur ce, elle me sauta au cou, m'empoigna par les cheveux et me donna un baiser profond et long. Mon intellect persévéra quelques secondes encore, puis plia bagage, disparut. Je la portai directement à la chambre et on s'y mit tout de suite.

Tout acte d'amour est un acte de communication. Le plus souvent superficielle, servant seulement à rappeler aux partenaires qu'une chose très personnelle, une chose au-delà des mots existe bel et bien. C'est mieux que de se disputer. Nous fîmes l'amour lentement et profondément, presque tristement, puis c'en fut terminé.

Nous restâmes allongés dans la pénombre et le silence, essoufflés. Deux ou trois motos nippones remontèrent le canyon en grondant. Elle se tourna vers moi, m'effleura le bras.

— Tout est fini, n'est-ce pas, Dick?

— Ouais.

Le mot roula dans le vide, telle une bille tombée d'un bocal, unique syllabe, irrécupérable, irrévocable. Choquante. Quelle part de moi-même avait répondu à cette question?

Je préparai du café, nous nous assîmes dans la cuisine. Les mots exigeaient un effort physique.

Elle émit un son qui ressemblait à un rire.

— On peut dire que tu as bien joué cette fois, Dick.

— De quoi parles-tu? Comment ça, j'ai bien joué?

— Côté fric.

— Côté fric?

Ojai lui vint à l'esprit et s'y matérialisa: la maison de style Craftsman, propre et carrée, les enfants qu'elle n'aurait jamais et l'improbabilité, la futilité, la stupidité, l'insanité, l'inanité, la sottise et le ridicule de tout. Avait-elle réellement pensé qu'elle aimait cet homme? Ce joueur à la noix? Ce mou du frappé? Ce radoteur? Ce vagabond? Ce réfugié? Ce looser? S'était-elle autorisée à croire en autre chose que la réalité? Autre chose que le présent? Autre chose que le factuel? Le manifeste? Le tangible? Le puant? Ce qui pourrira? S'était-elle investie dans cette hilarante fiction qu'est l'amour? Alors qu'elle était plus avisée? Avisée? L'amour n'est qu'une illusion stupide, qu'un vœu, une prière, une invocation dans un miroir.

Bon, elle avait repris ses esprits. La cible, c'était Artie.

— Ouais, bien joué, Dick.

Elle frotta son pouce contre son index.

— Inventer Tom Salt. Le tuer. Carrément brillant. Accepter l'argent d'Artie pour avoir tué quelqu'un qui n'existait pas. Ouais, bien joué.

— Comment sais-tu pour Tom Salt ?

— Et tes cinquante mille dollars ? Aucune importance comment je le sais.

— Oh, que si.

— Alors, je te laisse deviner.

Elle se leva, prit son sac, sortit de la cuisine et passa dans le petit couloir qui menait à la porte d'entrée.

— Au revoir, Dick.

La voilà dehors. Elle marche vers le portail.

— Où vas-tu ?

Elle s'arrêta, me regarda par-dessus son épaule.

— J'y retourne. Je retourne dans le monde réel.

***

Pearly King passait en boucle dans ma tête. Pearly King and the Temple Thieves. Pearly, E.G. Houston, Byrd Sancious, Osvado Oquendo. La chanson avait pour titre *Ghost of a Ghost*.

Je m'étais endormi
Je t'avais dans la tête
Trempé, au réveil
T'étais dans mon lit
Fantôme d'un fantôme de fantôme
Mais tu ne disparaîtras pas
Il pleut de la pluie qui pleut tous les jours
Une voiture passe dans la rue
Ton parfum, il persiste, si doux
J'ai pas le cœur à faire semblant
Baby oui, je me suis remis à boire

Mais Lynette avait montré son jeu. Et voilà : le coup classique de l'homme dans la place. Quand elle avait mentionné les cinquante mille dollars d'Artie, les interrelations s'étaient cristallisées.

Elle n'aurait pas dû être au courant de ce montant. Artie ne le lui aurait pas dit, forcément. Et qui d'autre savait… à part Arnuldo. Arnuldo, l'amoureux transi.

Lynette était trop maligne pour son bien. Elle se trouvait au centre du cercle et, autour d'elle, dansaient les marionnettes qu'elle tirait vers elle quand c'était nécessaire. Artie, Arnuldo, Jerry Shunk.

Et Dick Henry.

Mais Dick Henry n'en avait plus rien à cirer.

CHAPITRE 39

L'HOMME DANS LA PLACE

Bien après minuit, les nuages crevèrent, libérant la bienveillance d'un dieu lointain sur ses multitudes dans les canyons, les arroyos et les plaines. Ma fenêtre de derrière était ouverte, j'écoutai tomber le déluge.

Je n'arrivais pas à dormir.

Soudain, dans la pluie battante, je pris conscience d'un autre bruit. Quelqu'un à la porte.

Par la fenêtre qui donnait sur le côté, je vis qu'il s'agissait d'Arnuldo. Il tenait une autre enveloppe kraft de format 18 x 24.

J'ouvris la porte.

— Quoi ?

Sa haine couvait toujours, mise en sourdine. Il leva l'enveloppe.

— De la part de monsieur B.

— Entre.

Il entra, fit quelques pas, me tendit l'enveloppe.

— Qu'est-ce que c'est ?

— Dix mille.

— Pour quoi ?

— Monsieur B. est sérieux.

— Sérieux à quel propos ?

— Viens demain soir à 21 heures. Parler avec monsieur B. Quarante mille de plus.

— Pourquoi ne se contente-t-il pas de m'appeler ?

— Je fais tout pour monsieur B.

— Et pour madame B. ?

Un doigt jaillit vers ma poitrine. Sa voix était pâteuse.

— Ne t'approche pas d'elle.

— Tu crois qu'elle t'aime, Arnuldo ?

Ses yeux s'agrandirent sous l'affront.

— Ta gueule, Dick Henry. Ne t'approche pas d'elle.

Il fit volte-face, ressortit sous la pluie. Il n'avait toujours pas compris. Peut-être ne comprendrait-il jamais. Lynette n'aimait personne. Elle ne savait pas comment aimer. Ce n'était même pas sa faute.

Quand on n'est pas aimé assez tôt, on est incapable d'aimer. On ne comprend tout bonnement pas ce que c'est, on ne sait pas ce qui nous manque, pas plus qu'on ne peut concevoir qu'il nous manque quelque chose.

Je ne connaissais pas le passé de Lynette. Son vrai passé. Peut-être ne le connaissait-elle pas elle-même. Mais un papa, une maman, ou autre, était ce qui lui avait manqué. On avait peut-être été gentil avec elle, mais la gentillesse, ça ne remplace pas l'amour.

Je soupesai l'enveloppe. Cinquante mille, c'était l'argent pour un crime. Artie voulait que je bute Lynette. Qu'aurait-ce pu être d'autre ?

J'irais au rendez-vous de 21 heures. Pour rendre les dix mille et enfin dire à Artie d'aller se faire voir.

TROISIÈME PARTIE

L'AFFAIRE QUI NOUS INTÉRESSE

CHAPITRE 40

SE FORGER UN ALIBI

À une table centrale du Steak House de Ruth Chris, Judy Benjamin tenait salon, entourée d'une coterie de relations privilégiées. Elle était vêtue d'une robe bustier pourpre qui défiait la gravité. C'était une joyeuse assemblée, bien lubrifiée par de la cocaïne préprandiale et du vin de table de prix.

De beaux steaks avaient été servis, mais on ne mangeait pas tant que ça. Ce n'était pas elle qui s'en plaindrait. Elle prit son téléphone portable, s'amusa avec. Il fonctionnait parfaitement bien. Mais elle ne voulait pas d'appel traçable qu'on puisse lui imputer. Elle tapa sur l'épaule de Vicky, sa voisine de table. Vicky était une productrice qui n'obtenait plus de crédits. Autrement dit, une arroseuse à sec.

— Géniale, la soirée ! s'enthousiasma celle-ci, soucieuse de sa situation et de son hôtesse.

Artie Benjamin voulant l'aider, et en bien des façons, elle évaluait ses options, voyait où était son intérêt.

— J'aurais besoin de t'emprunter ton téléphone une seconde, dit Judy. Ma merde ne fonctionne pas.

Vicky lui tendit son portable et Judy s'excusa. Des toilettes pour dames, elle appela Jerry Shunk. Il répondit à la troisième sonnerie.

— Allô ?

— Jerry, c'est moi.

Elle sentit son cœur bondir à huit cents mètres de là dans la rue. Ce qu'il était fatigant, ce vieil imbécile. Mais certains imbéciles rédigent des testaments.

— Judy ? Que se passe-t-il ?

— Jerry, dit-elle en instillant du chagrin et de la peur dans sa voix. Il est arrivé quelque chose d'affreux.

— Quoi ? Quoi ?

— Artie vient de me remettre des documents.

— Quel genre de documents ?

— Je n'en sais rien. Mais ça le faisait rire. Ils n'ont pas l'air drôles.

— Il n'a pas pu te remettre de documents. Je n'en ai rédigé aucun.

— Seigneur, Jerry, je te dis qu'il m'a fourré des documents dans la main, bordel. Tu comptes m'aider ou pas ?

— D'accord, d'accord. J'y jetterai un œil.

Il avait intérêt à le faire. Artie s'était-il adressé ailleurs ? Un avocat fouineur peut être dangereux.

— Tu es chez Nate'n Al ?

— Comme tous les vendredis soir.

— Je peux t'envoyer Arnuldo ?

— Parfait. J'en aurai terminé dans dix minutes.

Sa voix se vautra dans la douceur du soulagement.

— Merci, Jerry. Tu me sauves la vie.

Elle coupa la communication. Bingo.

Elle composa un autre numéro.

Arnuldo répondit.

— Oui.

— T'es prêt ?

— Prêt.

La ligne fut coupée. Bien. Arnuldo était prêt.

Ce qui était un autre problème. Ce con d'Arnuldo était toujours prêt. Toujours en demande. Elle s'était créé une autre plaie sous son toit.

Elle joua avec son rouge à lèvres, rejoignit ses invités.

— Merci, trésor, dit-elle en rendant le téléphone à Vicky. Comment est ton steak ?

— Il est délicieux. C'est tout juste s'il ne fond pas dans la bouche.

Vicky montra le morceau de filet mignon auquel elle n'avait pas touché.

— Et le tien ? Ils ont oublié de le faire cuire.

Lynette regarda la viande comme pour la première fois.

— Tu as raison.

Il était très saignant. Mais elle ne l'avait pas commandé dans l'intention de le manger.

Quelle cuisson, votre steak ? lui avait demandé le serveur en tirant un stylo émaillé noir de son tablier bleu.

Elle avait souri. Bleu.

C'est très cru, madame.

Et c'est ce que je veux. Un coup sur chaque fesse et, *pffft*, direct de la cuisine.

Edgardo avait haussé les épaules. C'était peut-être la pleine lune. Mais il avait servi le steak comme elle l'avait commandé. Un coup sur chaque fesse et, *pffft*, direct de la cuisine. Voyons si tu le mangeras.

La femme n'avait même pas goûté au steak. Mais beaucoup de vin avait été descendu et l'addition serait salée. Le vin était une piquette d'origine sarde qui tombait de l'arrière du camion chaque mardi soir entre 2 et 3 heures du matin, avec une étiquette française autour du goulot. Ça le faisait illico grimper à soixante-quatre dollars la bouteille. *Bueno*. Snobs du pinard. Ils encenseraient le Gallo si la bouteille était belle.

Lynette regarda autour d'elle. Au moins, le vin était bon. C'était l'heure de pointe du dîner. La salle du restaurant était comble, des gens faisaient la queue. Le vacarme des couverts et des bavardages de dîneurs enjoués et affairés emplissait l'air. Elle inspira à fond. Place au spectacle.

Elle se dévissa le cou, cherchant des yeux son serveur, Egbardo ou autre prénom de ce genre. Finalement, elle attira son regard.

Il vint à sa table.

— Oui, madame ?

Elle lui montra son steak du doigt.

— Regardez-moi ça.

— Oui, madame ?

Elle n'allait quand même pas se plaindre de sa cuisson.

— Ce n'est pas ce que j'avais commandé, dit-elle très fort.

D'autres convives, percevant un timbre de voix conflictuel, se tournèrent vers elle.

— Il est bleu, madame, comme vous le vouliez, dit Edgardo.

— Ce n'est pas du tout ce que je voulais.

Sec. Définitif. Sonore.

D'autres clients se retournèrent pour lorgner du côté de la dame en robe rouge et sa tablée d'officiants.

Edgardo avait supporté beaucoup de conneries dans sa vie. En cet instant précis, sa coupe était presque pleine.

— Si je me rappelle bien, madame… (espèce de grosse vache blanche et idiote du Westside) vous m'avez dit : « Un coup sur chaque fesse et, *pffft*, direct de la cuisine. »

— Écoutez-moi bien, Pancho, je n'ai jamais dit quoi que ce soit de ce genre, bordel.

Elle retenait à présent l'attention générale.

— Je ne m'appelle pas Pancho, madame. Je m'appelle…

— Je me fous de savoir comment vous vous appelez… Je veux un service de qualité, là. Appelez-moi le directeur.

Edgardo, les joues en feu, furieux, se retira, et trouva le directeur qui arrivait de l'autre côté de la salle.

Walt Faulkner, nouveau directeur, se précipita à la table 13. De toute évidence, il y avait un problème. Quand il arriva, la femme en robe rouge se leva, renversant sa chaise.

— Que puis-je faire pour vous, madame ?

— C'est vous, le taulier ?

— Je suis le directeur. (Nuance.) Que puis-je faire pour vous ?

Judy pointa le doigt sur son steak.

— Vous voyez cette chose ?

Faulkner baissa les yeux sur une belle pièce de bœuf persillée bleue de chez bleue.

— Je vois un steak bleu.

— C'est tout ce que tu vois, enfoiré ? lui asséna-t-elle.

— Madame, si vous ne baissez pas le volume, je vais devoir vous demander de…

— De me demander de partir ? cria Judy. Tu vas me demander de partir ? Ma question est celle-ci…

Le restaurant était complètement silencieux.

— Excusez-moi, madame, mais vous allez vraiment devoir…

Elle lui grilla la priorité comme un Hummer le ferait à une Subaru à un carrefour à quatre stops.

— Ma question est celle-ci, suce-poireau. Comment se fait-il qu'une fille ne puisse pas trouver de la bonne viande à Beverly Hills ?

Sur quoi Judy tendit la main vers son assiette, prit le filet de bœuf dans sa main nue, le ramena en arrière comme une balle de base-ball et le lança, de toutes ses forces.

Tous les regards suivirent le sanglant missile tandis qu'il voguait à travers la salle et atterrissait en plein sur le front d'Elizabeth Grimble. Il y resta en suspens une seconde, puis s'effondra avec un bruit mou dans sa soucoupe à pain.

S'ensuivit un silence sidéré. Judy redressa sa chaise, s'assit, haussa les épaules, but une gorgée d'eau. Mission accomplie.

L'avalanche de rires s'entendit d'un bout à l'autre de Beverly Drive.

CHAPITRE 41

LE SEIGNEUR RIT DE NOUS TOUS

Je partis tôt pour me rendre chez Benjamin afin de faire d'une pierre deux coups. Au croisement de Gardner Street et d'Hollywood Boulevard, je m'arrêtai à Saint-Paul-de-Tarse, sonnai à la résidence. Le révérend Jenkins m'ouvrit et m'invita à entrer.

Comme la fois précédente, je fus conduit à la bibliothèque et prié de m'y mettre à l'aise. Le révérend Jenkins regarda de nouveau dans les profondeurs de mon âme.

— Comment allez-vous, monsieur Henry ? me demanda-t-il.

Je répondis que j'allais bien, que j'avais un chèque pour la mission que, somme toute, je ne me sentais pas de confier à son assistant. Je finis sur une note plus optimiste en espérant à voix haute qu'il n'avait pas de nouveau perdu ses clés.

Il se mit à rire.

— J'ai mes clés, monsieur Henry, c'est mon téléphone portable que j'ai égaré.

Je ris, il rit.

— Mais c'est drôle que vous me parliez de M. Linscomb.

Je fis de mon mieux pour rester de marbre.

— M. Linscomb a démissionné de son poste.

— Ah bon.

— De but en blanc. Il y a deux jours.

— Il a laissé un mot ?

— Non. Il a seulement pris toutes ses affaires et disparu. J'ai appelé la paroisse de Santa Barbara d'où il venait pour voir s'ils avaient reçu de ses nouvelles. Le révérend Wells m'a dit qu'ils n'avaient jamais entendu parler de lui. Absolument jamais. Assez extraordinaire, tout de même !

— Vous devriez peut-être vérifier l'argenterie.

— Je l'ai fait.

— Et… ?

Le révérend haussa les épaules.

— J'ai vérifié et revérifié. Puis je me suis rendu compte que je ne savais pas ce qu'il y avait au départ.

J'aimais beaucoup le révérend Jenkins. Je sortis de ma poche l'enveloppe contenant ma donation et la lui tendis.

— Quel est votre numéro de téléphone ?

Il me le donna.

— Je me couche tôt, me prévint-il. Mais si vous avez besoin d'un rendez-vous…

Je composai son numéro.

— C'est moi que vous venez d'appeler, monsieur Henry ?

— Oui, c'est ce que je viens de faire.

Je vis bien qu'il pensait que j'avais perdu la boule à la guerre.

— Mais… je suis juste devant vous !

Je lui souris.

— Vous pensez que je suis fou ?

— L'êtes-vous ?

Une expression inquiète glissa sur ses traits.

— Non. Mais j'ai eu de la chance avec vos clés. Je me disais que j'en aurais peut-être aussi avec votre téléphone.

Puis la sonnerie d'un portable retentit. Étouffée. Il lança un regard perçant aux quatre coins de la pièce, se palpa, trouva son téléphone.

Il était ravi.

— Aha ! Dans mon autre poche.

Il en sortit le téléphone, me lança un coup d'œil, hocha joyeusement la tête.

— Excusez-moi une seconde.

Il prit l'appel.

— Allô ?

Ce fut à mon tour de me poser des questions.

Aussi grave qu'une crise cardiaque et sans me regarder, le révérend dit alors :

— C'est vous… monsieur Henry ?

Puis il se tourna vers moi, avisa mon expression et laissa exploser sa bonne humeur.

Nous rîmes encore et encore.

— C'est la seule façon de supporter la vie, monsieur Henry. L'humour. Ce que le Seigneur doit rire de nous tous !

Et comment !

CHAPITRE 42

UN SAC DE PATATES

Jerry Shunk et son comptable, Lucky Lee Feldman, sortaient de chez Nate'n Al, le restaurant traiteur, quand ils furent hélés par un homme en caban bleu. Tout ce que touchait Lucky se transformait en or.

— Jerry Shunk ? dit l'homme.

Lucky se retourna le premier. Le Sig Sauer P250 d'Artie Benjamin permettait au tireur de changer la configuration de l'arme à volonté. Calibre et taille. Arnuldo avait de petites mains. Il avait retiré le mécanisme fonctionnel et basculé de la taille standard à sous-compacte. La balle de 9 mm toucha Feldman entre les deux yeux, le tuant sur le coup.

Il fallut une seconde à Arnuldo pour se rendre compte de son erreur. Le mort n'était pas assez vieux. Il se tourna vers Shunk.

Shunk gémit, incapable de parler, agitant vaguement les mains. Arnuldo tendit le bras, le visa à l'œil droit, autre tir à la Moe Green, et Shunk tomba comme un sac de patates. Puis Arnuldo gagna le coin de la rue, tourna et marcha calmement jusqu'à la Mercedes garée dans Canon Drive.

La Mercedes démarrait au quart de tour à tous les coups. Il roula doucement jusqu'à Santa Monica Boulevard, obliqua à gauche. Dans un quart d'heure, il atteindrait la 405. Et prendrait vers le nord. Une dizaine de kilomètres plus loin, il prendrait la 101. Puis il laisserait le beau moteur allemand en faire à sa guise. Arrêt suivant : Big Sur.

CHAPITRE 43

LE CHIEN QUI S'ABAT

Pendant de nombreuses années, dix ans, travailler pour M. Benjamin avait été une bonne chose. Jusqu'à ce que Mme Benjamin devienne Judy. Dès lors, il devint inévitable qu'un jour il gravirait ces marches avec une nouvelle mission en tête.

Benjamin leva à peine les yeux de son bureau.

— Où étais-tu passé ? Cet enculé de Bill Robertson. Il veut pas payer pour la caméra qu'il a bousillée. Je pense que tu vas devoir lui rendre visite. À Varna. Le con.

À ce moment-là, Arnuldo avait coutume de demander quelle pression exercer au juste et où l'exercer. Mais cette fois, le Philippin ne dit rien. Se contenta de le regarder calmement.

— On va devoir rendre visite à Robertson. Compris ?

Arnuldo acquiesça. Oh, j'ai compris.

— Pigé. Patron.

« Patron. » Ce connard, qui se montrait si dur, si déloyal envers Judy, était le *patron*.

Benjamin regarda un autre papier, puis leva brusquement la tête.

— Quelque chose qui ne va pas aujourd'hui ? Tu n'es pas dans ton assiette, on dirait.

— Je ne vois pas ce que vous voulez dire, monsieur B.

Benjamin avait toujours aimé qu'Arnuldo l'appelle monsieur B. Cela montrait non seulement qu'il était le patron, mais aussi qu'on avait du respect et de l'affection pour lui. Et pourquoi n'aurait-on pas eu de l'affection et du respect pour lui ? Il payait ce petit fils de pute basané deux mille cinq cents dollars par semaine sous la table. Soit dix mille par mois. Cent vingt mille par an.

Artie Benjamin était un homme juste et généreux. Plus que généreux : magnanime. Un jour, il irait peut-être à Manille, comme il l'avait toujours dit, pour voir de lui-même. Pourquoi pas ? Manille était une ville internationale. Et Arnuldo lui avait rapporté un fait incroyable. Enfin… peut-être. Les femmes philippines n'avaient pas de poils aux jambes. Elles n'avaient pas besoin de s'épiler. Elles n'avaient pas cette pilosité américaine à la con.

Et encore, les Américaines… ce n'étaient pas les Européennes poilues de partout.

Cette femme à Paris. C'était pas une toison fournie qu'elle avait, ce qui était déjà assez terrible, c'était un faubert, bon sang. Et plus de poils sous les aisselles que lui-même n'avait jamais eus. Le dos velu. Néandertal. Ce n'était pas normal. Heureusement, il y avait ce vin français de merde. Il lui avait donné un bel élan que rien n'aurait pu arrêter.

Manille. Pourquoi pas, sérieusement ? Peut-être pourrait-il exporter l'idée d'un genre de franchise ? L'École supérieure de la fellation tournait bien. Il allait se faire une fortune. Mais, hé, pourquoi pas l'École supérieure de la fellation de Manille ? Ça sonnait bien. L'École supérieure de la fellation de Paris ? Quoique, pour ça, ils avaient pas besoin d'une école là-bas. Mais le nom pourrait peut-être raidir une ou deux queues à Dubuque. Ou Idaho Falls.

Il émergea de ses pensées pour voir Arnuldo jouer avec son fameux pistolet. Un pistolet ajustable ou tout comme, on pouvait changer ceci ou cela.

— Il te plaît ce pistolet, Arnuldo ?

— Il me plaît bien, monsieur Benjamin.

Quelque chose n'allait pas. Le moment était peut-être venu de rappeler un peu la loi.

— Je ne sais pas quel est ton problème, Arnuldo, mais putain, quoi ?

Arnuldo haussa les épaules.

Ce fils de pute avait haussé les épaules. Haussé les épaules !

— Mais bordel, Arnuldo ? T'as un problème avec la bouffe que je fournis ? Tes appartements ? Ou la voiture que tu conduis, ou quoi ? C'est quoi ?

— Allez vous faire foutre, monsieur Benjamin.

La voix d'Arnuldo était plate, froide, et soudain, Benjamin comprit qu'Arnuldo ne jouait pas avec son pistolet. La main qui tenait l'arme était enveloppée dans un sachet en plastique de chez Ralphs. La gorge de Benjamin devint soudain toute sèche. Il leva une main en signe de médiation.

— At… at… attends une seconde.

— Au revoir, monsieur Benjamin.

Arnuldo pressa la détente. Qualité Sig Sauer. Armement souple et net. Il sentit le claquement solide et métallique du chien qui s'abat et l'impact bilatéral de la détonation dans ses tympans.

Un tir à la Moe Green, dans l'œil droit de monsieur B. Un trou d'un coup. Dans le brouillard bleuté, Arnuldo vit de la matière cervicale aux quatre coins de la pièce.

Son téléphone portable sonna. Ça devait être Judy. Qui l'appelait du Steak House. Bien sûr qu'il était prêt.

CHAPITRE 44

COMME UNE QUILLE DE BOWLING

Afin d'aider à la suppression de la racaille, il était interdit de se garer à Beverly Hills après 18 heures, sauf avec un permis de stationnement. Mais je ne comptais rester que le temps de rendre à Benjamin son tout dernier versement. Je laissai mes warnings allumés, montai les marches du perron, sonnai.

J'entendis les quatre notes carillonner dans les profondeurs de la maison et attendis. Un compositeur de ma connaissance définissait la mélodie comme le départ de chez soi et le retour chez soi. Les quatre notes d'une sonnette étaient censément le deuxième exemple le plus simple de cette hypothèse.

Ce compositeur s'était étouffé avec un sandwich au jambon. L'important était que personne ne venait m'accueillir. Je vérifiai l'heure à ma montre. J'étais pile à l'heure.

Je sonnai de nouveau, attendis. Je remarquai alors que la porte d'entrée était légèrement entrebâillée. Je la poussai et elle s'ouvrit.

Un éclairage tamisé normal pour le soir était allumé, mais j'entrai dans un silence de mort.

— Il y a quelqu'un ? Il y a quel… qu'un ?

Pas d'écho, rien de rien.

— Monsieur Benjamin ? Monsieur Benjamin ?

Je commençai à avoir l'impression qu'il m'arrive d'avoir. Au début, c'est si subtil que j'ignore par quoi elle commence. Tout à coup, elle s'impose à moi et j'ai la chair de poule.

J'entrai doucement dans le salon. Là encore, rien. Et rien dans la salle à manger. Au loin, j'entendis la plainte d'une sirène. Un gogo qui se faisait serrer.

— Monsieur Benjamin ! criai-je.

Rien.

Je m'engageai dans l'escalier et sentis une odeur. Nitrocellulose et nitroglycérine. La poudre.

Je marchai jusqu'à son bureau. Ça sentait fort. J'allumai la lumière.

Le brouillard gris bleu dans l'air. Benjamin dans son fauteuil. Mais son œil droit était un trou suintant et on lui avait fait sauter la cervelle. Il y avait de l'argent partout sur son bureau. Soudain, je me rendis compte que la sirène était toute proche.

Puis des tas de sirènes et des crissements de freins. Et j'étais là, sur le lieu du crime, debout dans la matière cervicale de quelqu'un, dressé comme une quille de bowling. C'était le moment de mettre les voiles.

En bas, branle-bas de combat de gens qui entrent. Je jetai les dix mille dollars d'Arnuldo dans le tas en vrac sur le bureau d'Artie. Je ne comptais pas être le rat pris dans ce piège. En trois pas poisseux, je passai devant Benjamin et atteignis la fenêtre, l'ouvris d'une poussée. Il y avait un arbre, mais hors d'atteinte. Il y avait une gouttière. C'était ça ou rien. Je descendis à la force des mains, laissai des empreintes de pieds sur le mur, me laissai tomber dans les buissons.

Je fonçai vers l'arrière de la propriété. Toutes les maisons du quartier donnaient dans une ruelle. Aucune poubelle sur le trottoir. J'entendis du vacarme en provenance de la maison et vis des éclairs de lumière, mais c'était calme là où je me trouvais. Je sautai par-dessus le mur du fond dans des fougères épineuses.

J'attendis. Silence. J'allais devoir appeler Rojas.

Je sortis des fougères, m'éloignai en tentant de me donner une démarche de milliardaire. Au bout de trois pas, je vis un éclat lumineux dans une ombre mouvante, puis ce fut le noir complet.

CHAPITRE 45

PEEDNER SE SOUVIENT

Le lieutenant Lew Peedner savait que ce jour viendrait. Et c'était chose faite. Dick Henry arrêté. Mais la joie qu'il attendait de cette arrestation ne s'était pas concrétisée. À la place, une dépression profonde et grise. De la racine de ses cheveux jusqu'au bout de ses ongles.

Les souvenirs de la nuit en question ne l'avaient jamais quitté. Cette nuit lui avait tronqué son avenir, le laissant boiteux et meurtri, à jamais enchaîné au passé.

Henry et lui étaient coéquipiers. Ils formaient un bon tandem. Leurs compétences et leurs limites se complétaient. Le cow-boy et le comptable. L'épée et les mots. L'Expéditif et Bo Peep. Dick ne respectait pas les règles, et Lew pouvait énumérer toutes ses offenses – livre, chapitre et verset. Et rédiger les rapports qui leur assuraient une promotion et remettaient leurs actes dans une perspective légale.

Avec le temps, la portée de l'arc comportemental de Dick était devenue de plus en plus longue, et Lew y avait réagi avec une vraie créativité d'auteur. Il savait que ça ne pouvait pas durer, ne le devait pas, que les ennuis viendraient. Mais il ne pouvait rompre. Leurs vies avaient évolué de pair. Il avait assisté au mariage de Dick avec Georgette, Dick et Georgette avaient assisté au sien avec Marilyn. Il avait mis Dick en garde, en termes explicites, c'était un monde nouveau, mais Dick n'avait pas compris. Le terrain administratif avait changé sous leurs bottes, mais l'imbécile ne l'avait pas vu.

Le soju, cousin aux patates douces de la vodka, coulait à flots à Koreatown ce vendredi soir-là, jour de paie, quand l'appel était arrivé. Une petite fille, Soon Cha Kim, avait disparu.

Dick et lui – ils travaillaient au commissariat de Wilshire – étaient partis en voiture de patrouille. Les parents étaient fous d'inquiétude, la barrière de la langue terrible. Ils tenaient un petit magasin de vidéos à l'angle d'Olympic Boulevard et de Western Avenue. Ils travaillaient quatorze heures par jour. Quand ce n'était pas seize. Voire dix-huit.

La famille vivait dans un immeuble en brique de deux étages sans ascenseur au sud de la 12e Rue, à deux pas de Western Avenue. La fillette avait pour consigne de rentrer directement à la maison après l'école, de fermer la porte à clé et de n'ouvrir à personne. Mais elle avait ouvert à quelqu'un. Ses parents avaient trouvé la porte déverrouillée, l'appartement intact.

Aucun des voisins n'avait vu quoi que ce soit.

Personne n'était entré ou sorti depuis que la fillette était revenue de l'école ?

Personne.

Personne ?

Personne. Sauf les mauvais garçons habituels. Le facteur. Le livreur de chez Domino's. Des visiteurs réguliers.

Et il y avait eu l'homme au sac.

Dick avait dressé l'oreille. L'homme au sac ?

Un gars qui faisait une livraison, j'imagine.

Quel genre de sac ?

Tu l'as vu toi aussi, avait dit un voisin à un autre. Un genre de grand sac marin. Vert. En toile verte.

Peut-être, je sais pas. J'ai rien vu du tout. Pas impossible qu'il ait transporté quelque chose.

Qu'y avait-il dans ce sac ? avait demandé Dick.

Écoutez. Ce n'était peut-être pas un sac. Mais c'était de la toile verte qui contenait quelque chose. Ç'avait l'air lourd quand il est parti.

Quand il est parti ? Qu'est-ce qui vous a fait croire que c'était lourd ?

Le gars penchait d'un côté en le portant.

Dick avait regardé Peedner, fait le saut inductif.

— Ça ressemble à Elton Reese.

— Elton Reese est à la prison de Sacramento.

— Peut-être qu'il n'y est plus.

Il n'y était plus.

Il était sorti de cette prison d'État de la Californie, où il était détenu à l'isolement, vingt-deux jours avant. Des rapports attestaient de sa bonne conduite et indiquaient qu'il avait accepté Jésus comme son Sauveur personnel.

Reese avait un casier long comme le bras. Les frasques adolescentes habituelles : absentéisme scolaire, menus larcins, détention de drogue, ivresse sur la voie publique. Mais pimentées de crimes dérangeants. Mettre le feu à des chiens et des chats. Puis, à l'âge adulte, il était passé à la torture d'êtres humains. D'enfants. Il avait un mode opératoire particulier. Il transportait ses jeunes victimes, ligotées et bâillonnées, dans de gros sacs ou des caisses. Il ne s'était fait prendre qu'une fois. Raison pour laquelle on l'avait envoyé à la prison de Sacramento. Trois enfants disparus avaient été mis au crédit de son compte virtuel.

Le seul élément positif apparaissant dans toute la vie de Reese était d'avoir remporté un concours de piano en CM2.

Lew et Dick avaient fait venir Eddie Wilkins et Bob Herbert pour qu'ils finissent de prendre les dépositions.

Dick avait mis le pied au plancher. Ayant branché le gyrophare mais pas la sirène, ils avaient foncé dans Western Avenue, tourné à droite dans Venice Avenue, et encore à droite dans South Manhattan Place.

Un temps, ce devait être à South Manhattan Place qu'il fallait vivre. D'immenses maisons de style Craftsman, huit, neuf, dix pièces. Bâties à l'époque où les familles étaient de vraies familles, pas un papa, une maman, 2,2 mioches et une perruche.

Mais là, cinquante ans de rendements décroissants du capital avaient transformé ces vieilles demeures en horreurs croulantes, à la toiture refaite quarante fois, de l'orange visible sous du vert visible sous du noir, le tout divisé en garennes crasseuses.

Harold Crownes, l'oncle de Reese, possédait la troisième maison sur la gauche.

Ils avaient frappé, mais on n'était pas venu leur ouvrir. Dick avait enfoncé la porte, était tombé sur Crownes qui venait vers la porte.

— Putain, c'est quoi ce… ? avait bredouillé le vieil homme, avant que Dick ne le prenne par la gorge, ne le soulève de terre et ne le plaque contre le lambris graisseux.

— Où est Elton ?

Crownes, pendu dans le vide, avait écarté les bras, secoué un peu la tête.

— Où est cet enculé d'Elton ? avait hurlé Dick, les veines saillant à son cou et à ses tempes.

— Repose-le par terre, qu'il puisse parler, Dick.

Dick l'avait lâché.

— Où est cet enculé d'Elton ?

— J'sais pas où qu'il est.

Alors, de quelque part à l'étage, leur était parvenu un long cri étouffé.

Dick avait décoché un coup droit descendant à Crownes, coup qui lui avait écrasé la figure.

Ils avaient monté l'escalier quatre à quatre, Lew sur les talons de Dick jusqu'au moment où il avait glissé. Le temps qu'il atteigne le deuxième étage, il avait entendu quatre coups de feu.

Les quatre coups de feu qui avaient gâché sa vie.

CHAPITRE 46

L'INJUSTICE DE LA VIE

Walt Faulkner ne s'attendait pas à se faire virer. Mais à son sixième jour en tant que nouveau gérant du soir au Ruth Chris Steak House de Beverly Drive, il eut tout de même un mauvais pressentiment quand Roger Hanberry, le responsable de secteur, le convoqua le surlendemain de la débâcle. Cela étant, la situation était-elle si mauvaise ?

Elle était pire.

Non seulement une cliente, Elizabeth Grimble, portait plainte pour coups et humiliations, mais la bataille de nourriture qui avait suivi était la seule connue de toute l'histoire du Ruth Chris. Et peut-être aussi la bataille de nourriture la plus chère depuis l'époque de Néron.

Des steaks à soixante-dix-neuf dollars pièce avaient volé aux quatre coins de la salle comme des ovnis à Roswell. Suivis de morceaux de poulet, de côtes, d'assortiments de crustacés et de pain. Couverts, verres et mobilier avaient été pulvérisés et, dans la panique générale qui avait suivi, la majorité des clients s'étaient volatilisés, quoique le terme « rués » vers la sortie soit plus exact. Sans, pour la plupart d'entre eux, régler l'addition. Quatre-vingt-trois clients demandaient des compensations pour blessures corporelles. Trois cent treize personnes avaient téléphoné pour se plaindre de vêtements abîmés alors que le restaurant ne comptait que cent soixante-dix places. Soixante-deux jeux de couverts complets s'étaient égarés d'eux-mêmes dans la rue sans qu'on ne les revoie jamais, tandis que trente-neuf autres étaient incomplets. La moquette et sous-moquette étaient irrécupérables et devraient être remplacées. Certains équipements sanitaires avaient été détruits. Les avocats d'affaires prédisaient des pertes avoisinant sept cent mille dollars.

Faulkner n'avait pas dit un mot. Rien de tout cela n'était prévisible ; il n'aurait rien pu faire pour y mettre un terme une fois que ç'avait commencé.

— Et je me suis laissé dire, entonna Hanberry d'un air grave, que vous aviez traité une de nos clientes de suce-poireaux.

La salope.

— Non, monsieur, répondit Faulkner en s'exprimant pour la première fois. C'est la cliente qui m'a traité de suce-poireaux.

Hanberry remit de l'ordre dans ses documents, se leva.

— Le client a toujours raison, Faulkner. Vous êtes viré.

Quelqu'un allait tomber sous son épée. Ce ne serait pas Roger C. Hanberry.

CHAPITRE 47

LEÇONS DE MUSIQUE PERDUES

Peedner n'était pas pressé. Ils avaient laissé mijoter le fils de pute toute la nuit. À présent, sur son ordre, on l'avait conduit en salle d'interrogatoire. Peedner regarda par la vitre sans tain.

Richard Henry, quarante-trois ans, sentait non seulement la poudre, mais il était couvert de sang. Sur les mains, sur les chaussures, sur les genoux. Et on avait relevé ses empreintes dans toute la pièce en question, sur la gouttière, sur le mur par lequel il était descendu.

Aucune arme n'avait été retrouvée. Pas encore. Mais on l'avait arrêté alors qu'il tentait de s'enfuir. Par la ruelle derrière la maison.

Ferguson arriva, tendit des papiers à Peedner.

— C'est le sang de Benjamin qu'il a partout sur lui.

Peedner parcourut les résultats du labo.

— Merci, Tom.

Il regarda de nouveau par le miroir sans tain. Henry était menotté, partiellement éclairé par l'unique plafonnier qui jetait un étroit cône de lumière.

Certaines philosophies soutiennent qu'il n'y a pas de hasard. Que ce que l'homme permet n'est pas différent de ce qu'il cause. Foutaises orientales. Pourtant, s'il s'était débarrassé de ce putain de Sundance Kid quand il avait vu que Dick pétait un câble… Oh, et puis merde. Dick n'aurait pas dû péter un câble. Mais… voulait-il dire Butch Cassidy ?

Peedner entra dans la salle d'interrogatoire 3. C'était une grande pièce carrée, sept mètres cinquante de côté avec un haut plafond. Les sons se répercutaient aux quatre coins, comme le bruit de ses pas quand il s'arrêta sur le revêtement de sol antidérapant.

Henry ne se retourna même pas.

— C'est toi, Lew?

Peedner ne put empêcher un ton triomphant de teinter ses paroles.

— Eh oui, Dick.

— C'est pas moi qui l'ai fait.

— Bien sûr que non.

Peedner contourna la table, baissa les yeux sur son ancien coéquipier.

— Tu es couvert du sang de Benjamin, simple coïncidence.

— Vous êtes des enfoirés de m'avoir gardé ici toute la nuit.

— Que veux-tu que les enfoirés que nous sommes te disent? On n'est que des flics.

— Tu me connais.

— Tu sens la poudre à plein nez, Dick.

— Je suis entré dans une pièce où un homme venait de se faire abattre. Tu sais que je ne m'amuserais pas à tuer quelqu'un.

— Peut-être qu'il l'avait bien mérité.

Peedner regarda Henry dans les yeux. Il ne pouvait chasser l'amertume de sa voix.

— Si seulement Elton Reese avait été blanc, Lew.

***

Oui. Si seulement Elton Reese avait été blanc. Alors, ç'aurait été l'heure de la médaille. Lew et moi aurions été des héros. Et Lew aurait depuis longtemps été promu capitaine.

J'avais transgressé une des principales règles non écrites que doit respecter tout flic: ne jamais s'impliquer personnellement. Le travail de la police est un effort d'équipe. Laisser l'équipe agir.

S'en tenir à son petit rôle et oublier le tableau d'ensemble. La justice est abstraite, pas concrète, et ne vous regarde pas.

Mais je n'avais jamais pu oublier Elton Reese et les vies qu'il avait détruites. Qu'il ait été condamné et incarcéré à la prison de Sacramento n'était pas satisfaisant. Pour autant, au bout d'un moment, j'avais laissé ça me sortir de la tête.

Quand le témoin de la 12e Rue avait parlé du sac, tout m'était revenu. J'avais su que c'était Reese. Et me souvenais de l'endroit où il habitait avant la prison.

Les conclusions du conseil de discipline avaient été nettes et sans états d'âme. En trois minutes, j'avais réduit le code en bouillie.

En ce qui concernait Harold Crownes, je lui avais bousillé les échanges gazeux alvéolo-capillaires et fracassé le maxillaire. Et cassé la plupart de ses dents du haut par la même occasion. On avait monté en épingle le fait qu'il avait soixante-trois ans. Soon Cha Kim en avait huit.

Côté Elton Reese, le conseil conclut que j'avais pris l'affaire en main moi-même. Je n'avais présenté aucune excuse. Et je n'en présente toujours aucune. Ils avaient raison. J'étais rempli d'une rage non professionnelle, biblique. Moïse n'avait pas rempli un formulaire de plainte en descendant de la montagne. Il avait brisé le démon qu'il avait sous les yeux.

En entendant ce cri, j'avais monté les marches deux par deux jusqu'au deuxième étage.

J'avais trouvé Reese dans une petite pièce donnant sur le devant de la maison, sale, éclairée par une ampoule nue faiblarde au bout d'un fil et par quelques bougies. Des détritus jonchaient le sol. Canettes de bière, boîtes à pizza. Il avait levé les yeux vers moi de l'endroit où il se trouvait par terre, près du mur.

Pantalon autour des chevilles, il était accroupi entre les jambes de la petite Soon Cha Kim. Sa bite à moitié en érection pendouillait, toute rouge, et dans la main droite il tenait un petit couteau. La fillette était inerte, un bras contre le flanc, l'autre jeté par-dessus sa tête. Je ne savais pas si elle était morte ou vivante. Il y avait du sang partout.

Reese m'avait regardé, avait levé les mains en l'air et souri. Souri !

— Je crois bien que tu m'as eu, flicard. Je me rends, avait-il dit.

Puis il avait haussé les épaules.

Je ne sais pas si ce fut le sourire ou le haussement d'épaules. Ma première balle lui avait perforé l'os frontal au-dessus de l'œil droit et était ressortie par l'occiput gauche. La force de cette balle lui avait fait tourner la tête vers la gauche en la traversant.

La deuxième balle était entrée par la glabelle, là où le crâne se fronce au milieu du front. Parce qu'elle était entrée selon un angle de trente degrés, elle n'était pas ressortie mais avait ricoché encore et encore aux quatre coins de sa boîte crânienne en y labourant de nombreux tissus. Ses leçons de musique avaient été oubliées avant qu'il n'aille au tapis. Les troisième et quatrième balles étaient superflues. La troisième par la gauche de l'os sphénoïde, la quatrième par l'os temporal gauche.

C'est celles-là qu'on me reprocha. Les deux premières pouvaient avoir une justification légale – menace mortelle, danger imminent. Mais les trois et quatre, c'était personnel. Et les flics sont impersonnels. Ils se contentent de faire le boulot.

De plus amples examens faillirent prouver que le violent coup de pied qu'il avait reçu au visage, lui brisant le menton, lui éparpillant les dents et lui disloquant la mâchoire, avait été porté après la mort.

Voilà tout ce qu'on retint de moi. Juges, jurés et bourreaux constituent, en général, trois catégories distinctes. J'aurais dû recevoir la médaille municipale de l'efficacité Edwin P. Smallwood du comté de Los Angeles. Oh, bah !

Au lieu de quoi, le monde fut informé que ces actions répréhensibles et que l'homme de Cro-Magnon qui les avait commises n'avaient pas leur place dans les forces de police de la Los Angeles des temps modernes. Ma suspension avait été annulée, on m'avait encouragé à démissionner, je l'avais fait. J'avais serré beaucoup de mains en partant.

Soon Cha Kim survécut. Aujourd'hui, elle doit avoir vingt-deux ou vingt-trois ans. J'espère que ça fait longtemps qu'elle a oublié mon nom et pourquoi elle aurait des raisons de s'en souvenir.

Lew, c'était une autre histoire. C'était un flic de la troisième génération, il n'avait nulle part où aller et un bébé à naître. Je dis au conseil de discipline qu'il n'avait rien à voir avec mes actes. Mais les activistes communautaires firent du foin, et les affaires de sang, longtemps diluées, revinrent à pleine puissance. Lew accepta le blâme et fut rétrogradé. Et depuis, son parcours avait toujours été semé d'embûches. Je savais qu'il me haïssait. Je ne lui en voulais pas.

Dans la vie, les décisions difficiles ne sont pas souvent des choix clairs entre tout noir et tout blanc. Elles sont plutôt entre blanc et blanc cassé, entre noir et gris foncé. Et donc, entre supprimer Elton Reese et sauvegarder la trajectoire de carrière de Lew, ma décision avait été instinctive, instantanée.

On frappa à la porte, et un autre policier entra dans la pièce, tendit des documents à Lew, tourna les talons et ressortit.

Ce devait être mes résultats négatifs pour les traces de résidus de poudre.

Lew se rembrunit. C'était bien mes résultats négatifs de TRP.

Lew se frotta les joues.

— D'accord, Dick. Alors, que sais-tu sur Artie Benjamin ?

— On peut me retirer les menottes, à ce stade ?

Lew les ouvrit, et le sang reflua, avec force picotements et fourmillements, dans mes mains.

— Que sais-tu sur Benjamin ?

J'avais eu le temps de réfléchir à tout. Pendant qu'on me traînait au poste dans le panier à salade. J'avais attendu une quatrième balle et m'étais mangé un troisième strike. Et j'avais vu clair. Lynette m'avait piégé. Purement et simplement.

L'avais-je aimée ? Oui. Nous avions eu notre bref séjour en paradis. M'avait-elle aimé ? Oui. Oui. Du mieux qu'elle pouvait. Je le croirai toujours.

Maintenant, il n'y avait rien.

Que tout cela faisait-il de moi ?

Quelqu'un qui jetait une grande ombre au coucher du soleil, quelqu'un qui avait la capacité infinie de se faire des illusions, quelqu'un d'indifférenciable du plus ordinaire et du plus faillible des hommes.

— Alors, ce que je sais sur Benjamin ?

J'avais ri et une part de moi-même était morte.

***

Deux heures plus tard, on me relâchait. Je me faisais l'effet d'être l'abruti de service, mais c'était un bel après-midi ; il faisait bon et le soleil descendait. Les lignes longues et droites de ma Cadillac me remontèrent un peu le moral. Je rentrai chez moi, pris une longue douche, me changeai.

Qui avait tué Jerry Shunk et son comptable ? Suivre la piste de l'argent. Benjamin meurt, Lynette hérite. Avec document de Shunk à l'appui. Contre une part du magot, bien entendu. Et qui sait évaluer la pleine mesure du paiement ? Sûr que cet idiot avait un rêve. Donc Jerry avale son bulletin de naissance, et ses exigences sont rejetées définitivement. Mince, j'étais étonné qu'elle ne m'ait pas demandé de faire le boulot. Contre dédommagement après homologation du testament. Sans doute qu'elle n'en avait pas eu le temps.

Ce qui laissait Arnuldo. À moins que quelqu'un d'autre ait le nez dans le gâteau, Arnuldo tuait pour elle. Et si c'était vrai, ses jours à lui aussi étaient comptés, il était devenu gênant, il faisait mumuse sur une autoroute. J'espérais qu'une Cadillac n'ait pas à l'écraser.

Lynette, la femme araignée, avait un plan. À un moment, il y aurait un dernier homme debout. Et après, ce dernier homme aurait un accident. Elle jouerait la carte de la beauté innocente et s'en tirerait au bluff.

J'achetai le *Times* au Country Store. Le journal était aussi mince qu'une veuve. Le gros titre était *Folie meurtrière dans Beverly Hills*. Des citoyens exemplaires regrettaient le temps jadis et la justice à la John Wayne. La veuve éplorée, Judy Benjamin, vivait en recluse. Un homme non identifié avait été interrogé puis relâché.

Cool. J'étais connu en restant inconnu. Mais la recluse avait une adresse. Big Sur.

CHAPITRE 48

FRANKLIN CONCLUT L'AFFAIRE

Le dimanche matin, en arrivant à l'église Saint-Paul-de-Tarse, Franklin Tillman remarqua du coin de l'œil un Coupé DeVille décapotable 1969 blanc qui traversait Gardner Street et se dirigeait vers l'est dans Hollywood Boulevard. Il en avait eu une comme ça jadis. L'espace d'un instant, il se demanda si ce n'était pas lui qui était dans la Cadillac. Peut-être que oui. Le temps se mélangeait. Puis il se retrouva de nouveau sur le parvis. Il entra dans l'église.

La lettre qu'il avait reçue du frère de Francie l'avait broyé à un point qu'il n'aurait jamais imaginé.

Cher monsieur Franklin,

Je vous écris de la part de ma sœur, Francie. J'ai une terrible nouvelle. Francie est tuée dans un accident la semaine dernière en rentrant de l'hôpital où elle avait vu notre sœur. Elle traversait le boulevard Rojas, dans le centre de Manille, quand un camion sans freins l'a renversée. Elle a été projetée longue distance et a atterri d'une manière très blessante. Elle était consciente, mais pas de souffrances, puis elle morte. Avant de passer, elle m'a parlé de l'amour de vous et a dit qu'elle porterait cet amour au Seigneur. Francie veut beaucoup être votre femme. Un prêtre dans la rue lui a donné les derniers sacrements. Puis elle est allée rejoindre le Seigneur. Je sais qu'elle vous aimait beaucoup parce qu'elle parlait de vous souvent. Je regrette d'être le porteur d'une si triste nouvelle. Elle sera enterrée dans sa province natale, Nueva Ecija, demain. Prières pour vous. Elle disait que vous aimiez le Seigneur.

Bien à vous,

Alfonso D. Corro

Franklin avait été marié quarante ans. Les rapports conjugaux n'avaient pas été simples. Il avait fait ce qu'il fallait, élevé sa famille, sauvegardant son mariage. C'était ce qu'un homme digne de ce nom faisait.

Il n'avait pas la moindre idée de ce qu'était l'amour. Peut-être un état passager nécessaire au lancement de son bateau, d'un milliard d'autres. Peut-être un état qu'on apprécie davantage de loin. De près, son mariage avait été d'une fade neutralité, un compagnonnage intime avec une inconnue.

Puis Abigail était morte. Son grand secret fut le soulagement qu'il en éprouva et ne communiqua à personne. Il voyait les choses plus clairement à présent : elle avait été une femme bien. Dommage qu'elle n'ait pas épousé un homme qu'elle aimait. Il n'était pas heureux qu'elle soit morte, mais elle ne lui manquait pas non plus.

Et puis le miracle: Francie. Le glorieux miracle de l'amour de Francie, de la sollicitude de Francie, de son humour et de son choix des mots particuliers aux Philippines.

La vieille rengaine à la noix, on a l'âge qu'on a dans la tête, s'était révélée vraie. Il se faisait les muscles devant le miroir. Et bon Dieu, il en avait encore dans le réservoir! Oui, encore dans le réservoir!

Il avait eu envie de danser, il avait eu envie de voir des pièces de théâtre, il avait eu envie de voir des films, il avait eu envie d'écouter de la musique, il s'était acheté une bicyclette chez Pep Boys même si la jolie petite caissière mexicaine lui avait dit qu'il allait se tuer.

Puis la lettre du frère. Francie. Morte. Écrasée dans les rues de Manille. Morte sur le coup pendant que le monde regardait bêtement, pendant que les jitneys[1] zigzaguaient bruyamment dans la circulation.

Il n'avait jamais autant pleuré de sa vie. Ni au décès de son père, ni au décès de sa mère deux ans plus tard.

Oh, papa, avait murmuré Betty en le serrant dans ses bras tandis que les larmes roulaient sur les sillons érodés de son visage. L'âge, dont le poids lui avait été retiré si récemment des épaules, était retombé lourdement sur lui.

Le docteur Nguyen lui avait prescrit un médicament pour soulager l'anxiété, mais il avait jeté les comprimés après le départ de Betty. Les prendre effacerait Francie. Diminuerait l'ampleur de sa perte, émousserait le tranchant de sa souffrance.

Il avait été incapable de dormir, malgré tous ses efforts. Le jour pour la nuit, la nuit pour le jour, tout se brouillait, puis la radio avait annoncé que c'était dimanche. L'heure d'aller à l'église. Mais dans son esprit confus était née une sensation particulière, celle que pour la première fois de sa vie, ses prières avaient du poids, de l'épaisseur, que quelqu'un l'écoutait activement. Après de longues négociations, il avait forgé un accord avec le Créateur. C'était absurde et défiait la raison. Inversait la flèche du temps. C'était un accord que seul le Créateur pouvait honorer.

Seigneur, accordez la vie à Francie et prenez la mienne. Accordez la vie à Francie et prenez la mienne. Accordez la vie à Francie et prenez la mienne. Accordez la vie à Francie et prenez la mienne.

D'une certaine façon, la circularité de cette pensée lui apportait du réconfort et rendait l'impossible possible. Quand il avait salué le révérend Jenkins ce matin-là, le mantra de Francie soustendait la conversation, reprenant de l'ampleur dans les silences qui ponctuaient le flot de paroles. Le révérend Jenkins perdait la tête. Il ne cessait d'égarer des choses. Il avait oublié sa voiture à la station de lavage. Accordez la vie à Francie et prenez la mienne. Accordez la vie à Francie et prenez la mienne.

1. Petits taxis collectifs.

Lors de la consécration, au moment de l'élévation eucharistique, quand le pain et le vin sont présentés aux yeux du monde pour célébrer Son triomphe – accordez la vie à Francie et prenez la mienne –, Franklin avait senti un tiraillement dans son cou. Il avait tourné la tête vers la droite, puis vers la gauche pour soulager sa gêne. Comme il regardait vers la gauche, il avait vu Francie de l'autre côté de l'allée, deux rangs derrière lui. Il n'y avait aucun doute dans son cœur.

Une grande force était montée en lui et l'avait mis debout tandis qu'il s'exclamait JOIE ! JOIE ! JOIE ! sa voix résonnant aux quatre coins de la nef, ses yeux fixés sur sa bien-aimée indubitablement vivante.

La parole avait été tenue ! Comme promis ! Il avait fait un pas vers elle et, soudain, s'était trouvé sur le sol en marbre, à regarder tout un cercle de visages.

Elle était là ! Elle était là ! Baissant sur lui un regard rempli de tendresse, la tendresse même qu'il avait cherchée toute sa vie. Il avait tendu la main vers elle, mettant, lui avait-il semblé, un temps infini, tranchant l'air épais, mais il y était parvenu et elle l'avait prise dans la sienne. Elle sentait le jasmin.

Josefina Reyes Corro, employée du service alimentaire de la mission de Manille, regardait le vieil homme. Avec qui la confondait-il ? Qu'il soit mort en l'aimant, en l'aimant elle et elle seule, dans ses yeux d'un bleu saisissant, pénétrant, ça ne faisait aucun doute.

Mlle Corro devait se souvenir de cet instant toute sa vie et toujours et encore offrir une prière pour ce vieux monsieur qui, sans qu'elle sache pourquoi, l'avait tant aimée.

Même si son voyage aux États-Unis avait été financé par la congrégation d'Hollywood en remerciement de vingt ans de bons et loyaux services pour la mission, elle devait toujours croire que le Seigneur avait voulu qu'elle aille à Los Angeles pour tenir la main de M. Tillman pendant qu'il se présentait devant Lui. Qu'elle aimait tendrement le Seigneur ! Qu'elle aimait tendrement le Seigneur !

CHAPITRE 49

ARNULDO DESCEND À LA PLAGE

Le Pacifique roulait ses vagues vers Hawaï et elle le regardait faire. Mille personnes seulement vivaient à Big Sur, elle en connaissait trois, elles travaillaient au magasin, déjà, elle s'ennuyait. Mais d'un bon ennui. Elle tira une bouffée de sa Virginia Slim.

Exit Artie. Jamais plus elle n'aurait à lever les yeux vers ses narines poilues pendant qu'il était allongé sur elle, soufflant et haletant, petit train qui mettait la gomme pour conduire un fou jusqu'au sommet de la montagne.

Que regretterait-elle ? Des moments. Des moments ici et là. Des moments au début, quand elle ignorait encore qui il était réellement. Quand il était un impresario de Vegas, remportant des récompenses, important.

Elle entendit des cliquetis provenant de la cuisine. Arnuldo, faisant bruyamment savoir qu'il faisait la tête. Quelle attention encore pouvait-elle lui accorder ?

Elle jeta sa cigarette dans le vide, la regarda tomber jusqu'à ce qu'elle disparaisse à mi-hauteur. Qu'est-ce qu'il avait dit ? Soixante-cinq mètres, à peu de chose près. En mettant *a* au carré et en le divisant ou en le multipliant par *b*, on trouvait qu'il fallait trois secondes pour atteindre les rochers. Et il y avait ce qu'on appelait la vitesse terminale, mais ça n'entrait en ligne de compte que… qu'à un certain moment.

Elle avait sous-estimé son indifférence grandissante envers Arnuldo. Dans la confusion des événements, elle avait imaginé le déposer quelque part en chemin, à bonne distance. Avec un joli magot en espèces. Et sa gratitude. Voilà tout. Mais à présent, elle s'impatientait.

Les hommes. Qu'est-ce qu'ils avaient donc tous ? De Jules César l'empereur à César le factotum. En fait, ils ne voulaient qu'une seule chose. Être mis sur un piédestal et adorés. Et sucés. Ça n'allait pas arriver. L'adoration, en tout cas.

La porte moustiquaire grinça, s'ouvrant puis se refermant, Arnuldo apparut, posa son cran d'arrêt sur la rambarde, alluma une Viceroy.

Il la regarda, prenant la mesure de sa perfection. Ils avaient fait l'amour la veille au soir, mais il était préoccupé.

Partager Judy avec M. Benjamin avait été à peine tolérable. Maintenant, M. Benjamin était au repos. Mais Henry ? Dès qu'il laissait son imagination l'entraîner un tant soit peu dans ces parages, il voyait rouge et une douleur vive le tordait physiquement.

Les mots tendres que Judy et Henry s'étaient chuchotés, allongés dans la nuit. La manière dont elle l'avait touché. Ce qu'elle avait permis, ce qu'elle avait encouragé, ce qu'elle avait initié. Comme si lui, Arnuldo, n'avait jamais foulé la surface de la terre. Henry devait mourir. À petit feu.

Et Judy ? La conclusion se glissa en douceur hors de son subconscient tel le ticket d'une borne automatique. La mort. La mort laverait le déshonneur. Il regarda la marée s'écraser contre les rochers en contrebas. Il embrasserait Judy une dernière fois, puis la confierait à la mer.

— Cet endroit est magnifique, dit-il en portant le regard sur tout ce bleu. Mais un jour, je te montrerai Baguio.

Oh, non, sûrement pas.

— Baguio. C'est où, déjà ?

— Dans les montagnes de Luzon.

— Aux Philippines.

— Évidemment, aux Philippines.

Il cracha un brin de tabac par-dessus la falaise. Long chemin jusqu'en bas.

— J'ai hâte.

Arnuldo mit la main en visière au-dessus de ses yeux, la regarda.

Qu'est-ce qu'il avait, bordel ? Tout ce qu'elle attendait de lui, c'était qu'il se tire. Qu'il tue un buraliste pour un paquet de cigarettes.

— Excuse-moi, Arnuldo. Je ne suis plus moi-même. Toute cette pression. Artie m'avait dit qu'il allait te faire tuer.

— Ça ne risquait pas.

— Mais ça m'a fait peur.

Il la regarda pivoter et s'éloigner de lui, jusqu'au coin le plus éloigné de la grande terrasse en bois. Elle lui tournait le dos, épaules secouées de tremblements.

Il se sentit submergé par une noble compassion. Il marcha jusqu'à elle, posa sa main de pierre sur son épaule. Un dernier baiser. Elle se retourna vers lui, ses yeux de la couleur de l'océan un jour embrumé.

— Je t'aime tant, *baby girl*, dit-il.

Mais le vide hurleur s'était rouvert en elle, avec ses visions infinies de néant et de non-retour, l'arlequinade des étreintes d'amants de pacotille. Dans l'orbe de ses bras qui se tendaient vers elle pour l'enlacer, elle baissa la tête et lui flanqua un grand coup de bélier dans la figure. Ça le redressa. Il trébucha en arrière. Elle le suivit, rapide comme une chatte, et, des deux mains, le poussa.

Il se cogna contre la rambarde, moulina des bras pour reprendre l'équilibre. Judy. Puis il bascula dans le vide.

***

Le temps ralentit jusqu'à une nouvelle constante, il bougeait à peine, il avait tout le temps devant lui, les yeux levés vers le ciel, à regarder ces bleus et ces gris majestueux, très haut au-dessus de lui, dentelés de lambeaux de nuages. Il pouvait toujours crier, mais pourquoi se donner cette peine ? De ses premiers instants de conscience à Tondo aux rochers qui l'appelaient en bas : toute une enfilade d'événements spécifiquement modelés, inévitablement liés, rosaire de temps et d'espace n'ayant qu'une conclusion possible. Il crut entendre la voix de sa mère, puis…

***

Ce dont elle avait besoin, c'était une cigarette. Elle en alluma une. Le Pacifique s'étendait devant elle. Sur trois ou quatre mille kilomètres jusqu'à Oahu.

CHAPITRE 50

TUER UN PRINCE

J'arrivai à Paseo de Pacific, arrêtai la Caddy, m'en retournai à pied jusqu'à la maison de Benjamin. Veinard, le salaud. Elle avait dû lui coûter sept, huit millions. Veinard, pas tant que ça, j'imagine.

Il y avait deux voitures dans le garage ouvert. La Jaguar de Lynette et une Mercedes bleue. Arnuldo aussi était venu. La police de L.A. le recherchait activement.

La porte d'entrée n'était pas fermée. J'ôtai la sécurité de mon Korth 9 mm, deux mille cinq cents dollars de belle armurerie allemande. J'entrai, appelai, mais pas de réponse.

Le couvert était mis sur la table de la cuisine. Pour deux. Un cendrier. Deux marques. Ça devait être Arnuldo. Il serait dangereux comme un serpent. Je m'approchai de la fenêtre donnant sur la terrasse. Elle était là. Seule. Où était l'homme dans la place ? La maison était silencieuse.

J'ouvris la porte d'une poussée, et elle se retourna.

Comme toujours, sa beauté me frappa comme un coup de massue. Elle devait être très proche de mon idéal féminin. Mon côté affectif ouvrit une large porte pour les excuses, les mensonges et les fictions. Mais il n'était pas question que je la franchisse.

— Où est Arnuldo ?

— Tu es venu pour Arnuldo ?

— Où est-il ?

— Il est descendu à la plage. Pourquoi t'es venu ?

— Pour te voir.

Elle écarta les mains, m'invitant à regarder.

— Me voici, étanche ta soif.

Un grand sourire, innocent comme l'aube.

Je la regardai, la regardai bien. Des cheveux d'un noir d'encre encadraient des yeux verts sertis dans de la porcelaine mouchetée de taches de rousseur. Le plus bel être humain que j'aie jamais connu. Et avec tout cela, tout le nécessaire pour tuer un prince, a fortiori un homme comme moi, avec tout cela, elle s'était tournée vers le mal.

Ma rage légitime avait perdu tout son sang sur la Route 1, et la voir provoqua une profonde mélancolie. *Mood Indigo*. Oui, M. Ellington s'y connaissait en matière de blues.

— Qu'est-ce que t'as, Dick? Tu me regardes avec des yeux de basset.

— Je sais que je ne te reverrai pas avant longtemps.

— Pourquoi? Où vas-tu?

— C'est toi qui vas quelque part, chérie.

— Et où est-ce que je vais?

— Tu vas en prison.

Elle accusa le coup.

— Et pour quoi, si je puis me permettre?

— Tu ne crois quand même pas qu'ils me collent la mort d'Artie sur le dos, si? Ils vont engager une action judiciaire contre toi. Pour Jerry Shunk. Pour Lee Feldman. Et pour Artie.

— Je ne connais pas Lee Feldman.

— Je crois qu'Arnuldo ne le connaissait pas non plus.

— Mes alibis ne prennent pas l'eau, Dick. Pour aucun de ces hommes.

— Il y a intérêt à ce qu'ils ne prennent pas le sang non plus.

Sa voix se teinta de ses accents méprisants.

— Pourquoi es-tu venu jusqu'ici, Dick? Pour faire une « arrestation citoyenne »?

Elle s'affaissait sur elle-même. L'oxygène s'échappait de son âme, son monde devenait plus pesant. Je le voyais.

— Non. Je suis venu te dire combien je suis désolé. Parce que ça collait entre nous. Ça collait. Mais faut être deux pour y croire, et t'as jamais eu les tripes pour. Et maintenant, il n'y a plus rien.

— Me fais pas gerber.

Soudain, un cran d'arrêt fut dans sa main et elle s'élança sur moi. La lame chuchota dans l'air.

Encore.

Et encore. Cette fois, je tendis le pied quand Lynette passa à ma hauteur. Elle trébucha, heurta la rambarde. Qui céda. Emportée par son élan, Lynette passa par-dessus.

Je crus qu'elle avait basculé dans le vide, mais non.

Elle levait la tête vers moi, suspendue au-dessus de l'abîme, agrippée d'une main à une grosse racine juste sous la terrasse. Je plongeai sous la rambarde, attrapai le pilier, assurai ma prise, tendis le bras vers le bas.

— Accroche-toi à mon poignet avec l'autre main.

Mais elle ne le fit pas.

— Accroche-toi à mon poignet.

Au lieu de ça, elle me posa une question.

— Tu m'aimes, Dick ?

— Accroche-toi à mon poignet, putain !

Elle s'y cramponna d'un sursaut. Puis à deux mains. Prit appui avec ses pieds contre la paroi de la falaise, leva les yeux vers moi.

— Tu m'aimes, Dick ?

J'essayai de la tirer vers le haut, mais elle ne venait pas.

— Tu m'aimes, Dick ?

— Noooon ! criai-je, en mentant et en tirant de toutes mes forces.

Ses yeux émeraude me transpercèrent jusqu'à la moelle.

Puis elle lâcha prise.

REMERCIEMENTS

M. Andrew C. Rigrod, Paul Pompian, Mace Neufeld – vous, les gars, étiez là au temps des grandes ténèbres avant que la terre ne se forme. Merci.

Ryan Fischer-Harbage et Nicole Robson de Fischer-Harbage Agency – vous autres avez donné le tour de clé magique, et je vous serai éternellement reconnaissant pour vos efforts.

À Anna de Vries et à l'équipe chez Scribner – vos patientes et réjouissantes suggestions m'ont permis d'améliorer ce roman. J'ai rampé, je me suis levé, j'ai boitillé et, finalement, j'ai marché. Merci.

À tous les correcteurs du monde : nul homme n'est un héros pour son valet de chambre, et nul auteur n'est un héros pour son correcteur. Merci de l'attention inouïe que vous prêtez aux détails – mon livre est bien meilleur grâce à vos efforts.

TABLE DES MATIÈRES

Première partie

LES DEUX VERSANTS D'UNE MÊME HISTOIRE
11

Deuxième partie

LES RESSORTS DE LA BÊTE
59

Dans la collection
Robert Pépin Présente…

Pavel ASTAKHOV
Un maire en sursis

Alex BERENSON
Un homme de silence
Départ de feu

Lawrence BLOCK
Entre deux verres
Le Pouce de l'assassin
Le Coup du hasard
Et de deux…

C. J. BOX
Below Zero
Fin de course
Vent froid
Force majeure

Lee CHILD
Elle savait
61 Heures
La cause était belle

James CHURCH
L'Homme au regard balte

Michael CONNELLY
La lune était noire
Les Égouts de Los Angeles
L'Envol des anges
L'Oiseau des ténèbres
Angle d'attaque
(nouvelles numériques)
Volte-Face
Le Cinquième Témoin
Wonderland Avenue

Intervention suicide
(nouvelles numériques)
Darling Lilly
La Blonde en béton
Ceux qui tombent
Lumière morte

Miles CORWIN
Kind of Blue
Midnight Alley

Martin CRUZ SMITH
Moscou, cour des Miracles
La Suicidée

Chuck HOGAN
Tueurs en exil

Andrew KLAVAN
Un tout autre homme

Michael KORYTA
La Rivière Perdue
Mortels Regards

Stuart MACBRIDE
Surtout, ne pas savoir

Alexandra MARININA
Quand les dieux se moquent

T. Jefferson PARKER
Signé : Allison Murrieta
Les Chiens du désert
La Rivière d'acier

P. J. PARRISH
Une si petite mort
De glace et de sang
La tombe était vide
La Note du loup

George PELECANOS
Une balade dans la nuit
Le Double Portrait

Henry PORTER
Lumière de fin

Sam REAVES
Homicide 69

Craig RUSSELL
Lennox
Le Baiser de Glasgow
Un long et noir sommeil

Roger SMITH
Mélanges de sangs
Blondie et la Mort
Le sable était brûlant
Le Piège de Vernon

Peter SWANSON
La Fille au cœur mécanique

Joseph WAMBAUGH
Bienvenue à Hollywood
San Pedro, la nuit

Photocomposition Belle Page

Impression réalisée en septembre 2014
par CPI Bussière
pour le compte des éditions Calmann-Lévy
31, rue de Fleurus 75006 Paris

N° d'éditeur : 5186473/01
N° d'impression : 2012111
Dépôt légal : octobre 2014
Imprimé en France